U0941837

长江师范学院科研资助项目

沈从文叙事艺术研究

肖太云 著

中国社会科学出版社

图书在版编目（CIP）数据

沈从文叙事艺术研究/肖太云著．—北京：中国社会科学出版社，2017.4
ISBN 978－7－5203－0018－6

Ⅰ.①沈…　Ⅱ.①肖…　Ⅲ.①沈从文（1902－1988）—小说研究
Ⅳ.①I207.42

中国版本图书馆 CIP 数据核字（2017）第 047443 号

出 版 人　赵剑英
责任编辑　李炳青
责任校对　王佳玉
责任印制　李寡寡

出　　版　中国社会科学出版社
社　　址　北京鼓楼西大街甲 158 号
邮　　编　100720
网　　址　http://www.csspw.cn
发 行 部　010－84083685
门 市 部　010－84029450
经　　销　新华书店及其他书店

印刷装订　北京明恒达印务有限公司
版　　次　2017 年 4 月第 1 版
印　　次　2017 年 4 月第 1 次印刷

开　　本　710×1000　1/16
印　　张　11.75
字　　数　205 千字
定　　价　56.00 元

凡购买中国社会科学出版社图书，如有质量问题请与本社营销中心联系调换
电话：010－84083683

目　　录

序

王攸欣

沈从文自20世纪80年代以来，已然成为中国现代文学研究热门，使我从读书时代起就有所关注。二十多年前通读过花城出的《沈从文文集》，十余年前也选择性地读过北岳文艺出的《沈从文全集》，对他的小说、文论、散文、书信和文物研究都有过兴趣，于其人其文，也觉得颇有点不同于他人的想法，却没有产生赶这个热门的意愿与激情，从来没有公开发表过关于沈从文的论著。不知因何缘故，曾有一家出版社出沈从文的系列选本，希望我能写一个介绍性的前言，我没有答应，因为自己觉得要整体谈沈从文创作的特点，还没有足够充分的研究，即使对他的小说，也谈不上有什么能让人耳目一新的见解——尽管沈从文小说可能是我提出的文学生存论极为有力的印证，完全可以用文学生存论观照其质朴本真与曲折幽微处，甚至也可以用我近些年提出的新文化理论——基因同异创化论来阐释作为中国现代知识分子生存类型之一的沈从文，在特定的文化语境和个人处境中，究竟是如何微妙地调整本能欲求与伦理规则、价值理想与现实处境之关系，尤其是如何处理文本书写的显露欲望与隐秘需求之关系的，因为他通过自己的各类文本提供了在其他人那里颇为难得的分析材料，如《看虹录》《摘星录》《烛虚》《潜渊》等写作与发表过程中的隐微和幽秘。不过，迄今为止，尚没有产生下笔的冲动。由于各种因缘和合，我所指导的硕士研究生中，学位论文倒是有好几位都写沈从文，如吴正锋、肖太云、孙明英、彭飞、颜凤娥等，都专以沈从文为研究对象，龙永干、尤作勇也涉及沈从文。现在，他们多数都已获得博士学位，或在读博士研究生，吴正锋、龙永干后来在沈从文研究上都取得了一定的成绩。肖太云的硕士论文《乡村故事的独特叙说——沈从文汪曾祺乡土叙事的比较分析》——他自己说构成他现在即将出版的这一著作之研究起点——在这些硕士论文中，并不出色，记得我当时尽管肯定了他的用力，知道他撰述中也融入了一点我给他的提示，却当面说他悟性尚未开豁，还需特别用心去体悟，才能进入研究对象的生存状态和叙事选择。他毕业后，间续几次和我联系，想报考我的博士生，我告诉他不必要那么急切，可以再多作几年积累，开阔眼界，提升领悟能力。同时也鼓励他，以他质朴的性情，或许是能够做出学问的一个有利条件。

他果然痛下功夫。2012 年的一天，他兴奋地打来电话，告诉我他考上了西南大学王本朝老师的博士生。入校后潜心学业，又在本朝兄高明指点下，很快进入状态，在硕士论文基础上，提炼深化，写出了《沈从文小说叙事中的“突转”模式》一文，竟然发表在《中国现代文学研究丛刊》上了！除此以外，还发表了一系列论文。前年，他把博士论文的开题报告《后期吴宓研究——以〈吴宓日记续编〉为中心》寄给我，让我给他提提意见，我略一过目，发现他的学养、见识已经非复吴下阿蒙，颇让我刮目相看了。于是我很高兴地和他谈了自己对吴宓研究的几点想法，他虚心领会，除了我所建议的一点，从纯学术的角度来说，《吴宓日记》前三十年更有价值，可以一并研究，他颇能自省地认为自己还没有全面研究的学术功力，暂时无法着力于此，因此吴宓前期研究未能充分体现在其博士论文的最终成稿外，其他都较好地接受，并付诸研究、行文了。在他自己的刻苦用功和本朝兄适当指导下，去年完成博士论文，获得了几乎所有评审委员和答辩委员的高度评价，并已经申报重庆市的优秀博士论文了。我确实为他高兴——这当然也是老师为所有学生取得成绩最正常的反应。

太云出身湘西山区，家境贫寒，教养、从学条件相当质朴艰苦。在高校“青椒”最为艰困的时代又成了一名“青椒”，年龄也已不小，各种压力可想而知，职称压力尤为重中之重。所以他急于把前些年关于沈从文小说叙事的研究成果出版，我自然可以理解，且深感同情。他请我作序，时间也较为紧迫，而这个学期又成为我从教以来最忙的一个学期，教学、会议日程甚满，会议论文、期刊约稿迟迟不能交付，所以对书稿只能粗略一过，感觉有点对不起作者和读者。从浏览的印象，觉得他下了较细致的功夫，去了解别人在沈从文小说叙事研究上的成果，并有自己的判断和思考，也力图写出自己从叙事角度对沈从文小说的新见。当然，这不妨碍读者作出自己的解读、判断。

作为对作者与读者的补偿，我这里本想全文呈现一下前些年从台湾“中央研究院”院士董作宾（字彦堂）先生个人藏品中流落出来，辗转至内地文物市场，在2014年嘉德拍卖会上露面，未收入《沈从文全集》的沈从文致董彦堂的三封书信，只是在犹豫，不知是否符合序言体例。但一查期刊，发现沈虎雏（沈从文次子）先生已经整理辑注发表于《新文学史料》2015年第3期，因此不必再转刊原信，只略引并谈一点自己的想法。沈从文虽不时自称为乡下人、乡巴佬，其实性情、眼光自然远非一般乡下人可比，他自谦不太善于言辞，其实却相当擅长于人际交往——尤其以书信来往的方式——固然也有乡下人的热情、执着，却又灵泛、机变，与学界、文坛交往甚为广泛，而且眼光长远、思虑细密，对生存选择的理解既有深度，又能着意超脱——当然，正如他在改朝换代之际的切腕之举所显示的，不可能真正超脱，所有执意于超脱的或许恰恰是执着——他在书信中不断表达对朋友的关切之情，当然应该说是真诚的，他对当时中国局势及西南联大的教授们的生存状态的分析，也颇有意味，不妨一引结束序言：

> 昆明情形，想多传说，或有类乎“现代神话”故事，在过去、当前曾经发生，在未来明日必更多机会发生。最显著变化，则为同事中有于一夜间忽然左倾者。亦有从不对于政治有所活动，忽成为活动中心者。亦有平时老谈政治，在此时转趋缄默者。在日常见面同事中，各为种种幻想所兴奋，对平时所学所信已有支撑不住趋势，静极则思动，亦事理固然也。弟因住乡下已六七年，每星期只有机会留城中一二天，便当真已成为一乡巴佬，因一入城时只闻热闹，已分不清楚某某熟人属于某某党派，且更摸不着彼等明日尚在转变中也。事实上，如彼如此，恐怕亦只是一种神经拘挛现象，战事若好转，一切兴奋过不久或将从疲乏中得到平衡；若恶化，则大家当如桂林“文化人”差不多，将在转促中被人指为“待救济”分子，亦不能不重新占一据点再来活动，始能继续兴奋也。唯不好不坏之战局，有助于现代太学清流与太学生活动。至于国内各部门分解与腐烂，恐仍在继

续，绝不会因为此等微弱呼喊即可望转机获得。凡已在分解与腐烂事事物物，势必到溃决后方慢慢可望新生。……

可略作背景说明的是：此信写于1944年11月9日，沈从文当时为西南联大副教授，教小说写作课，住昆明乡间。董作宾乃甲骨学名著《殷历谱》作者，以贞人划分殷墟遗存时代，成为名家，所谓甲骨“四堂”（雪堂、观堂、鼎堂、彦堂）之一，擅书法，时任中央研究院历史语言研究所代理负责人，在四川李庄。

2016年9月26日于乐是居

前　言

自沈从文在20世纪80年代被重新发现以来，对他的研究一直是一个热点。沈从文研究的成果可谓汗牛充栋。笔者以“沈从文”为篇名，在中国知网上搜索，发现有5077篇学术论文，这还不包括出版的各种相关书籍及专著。换成仅以“边城”为篇名进行搜索，大约也有3289篇论文。因此，对沈从文的研究要想有所突破和创新，可谓难上加难。

本书的选题是“沈从文叙事艺术研究”。它是一个相当传统的题目。国外叙事学的兴盛是20世纪60年代的事情。国内叙事学研究的兴起与繁荣则是20世纪八九十年代。当时，除了叙事学理论的引入、介绍与探讨的热闹不凡，作家作品的叙事研究也是方兴未艾，力作迭出不穷。如结合中国传统的叙事资源及国外叙事学经验的代表性著作——陈平原的《中国小说叙事模式的转变》（上海人民出版社1988年版），既有理论的探析，又有作品的解读。

就沈从文的叙事研究而言，成果累累。首先，专著不少。代表性成果如刘洪涛的《沈从文小说新论》（北京师范大学出版社2005年版）。此书将叙事学理论与文本细读完美结合，从叙事时间、叙事结构、叙事态度三个方面对沈从文的小说叙事作了全新阐释，提出了令人信服的结论。吴正锋的《沈从文小说艺术研究》（湖南人民出版社 2012 年版），设专章从叙事视角、叙事态度、叙事结构、叙事时间四个方面去谈沈从文，也是新见迭出。其次，论文颇多。笔者试以“沈从文”加“叙事”两个关键词为搜索项，得出论文 116 篇。代表性论文如王继志的《论沈从文小说文体的叙事形态》（《南京大学学报》1991 年第 2 期）。该文通过对沈从文小说文体内容层的叙事基点、基调意旨及形式层的视点、结构等要素的考察，力图对其小说叙事形态作出整体性的把握。此外，在关键词搜索中，还有一些不出现“叙事”字眼的代表性文章。典型如王晓明的《“乡下人”的文体与城里人的理想——论沈从文的小说创作》（《文学评论》1988 年第 3 期），全文对沈从文小说的文体创新作了准确定性与周密论证，是沈从文小说文体研究的标志性论文。

鉴于有关沈从文作品叙事研究的成果多、深、广，笔者针对沈从文的创作所做的叙事研究只能藏拙。本书“剑走偏锋”的策略是，仅以笔者的阅读心得和能力所及，挑选出“突转叙事”“乡土叙事”“音乐叙事”“土改叙事”几个较分散的话题，统一在“叙事”的大命题之下，加以辨析和论述，从而显示出沈从文多样叙事艺术的某一些方面，并争取有所创新或突破。

但即使是偏向性的选择，这些话题也早已不新鲜。根据中国知网的搜索结果，粗略统计，与本书议题直接相关的论文，涉及乡土叙事的有 264 篇，音乐叙事的有 36 篇，土改叙事的有 2 篇。专门阐述突转叙事的暂时没有。在乡土叙事的研究方面，代表性成果如范家进的专著《现代乡土小说三家论》。此书将鲁迅、沈从文、赵树理三家并列，重点梳理了沈从文乡土叙事的独特姿态及贡献。论文如丁帆的

《论沈从文小说超越文化和悲剧的乡土抒情诗美学追求》（《江苏社会科学》2007 年第 6 期），提出沈从文的小说中风景画和风俗画的描写，以及对现代派意识流的化用，都为其“乡土抒情诗”的美学追求奠定了基础。在音乐叙事方面，代表性成果如谭文鑫的博士论文《沈从文的文学创作与音乐》（湖南师范大学 2010 年 4 月），分五章从“沈从文‘谈乐’”“沈从文的文学创作与湘西地方音乐”“沈从文的文学创作与音乐曲式结构”“沈从文的文学创作与复调”“沈从文文学语言的音乐美”几个方面全面阐述了沈从文的文学创作与音乐的关系。单篇论文如曾锋的《沈从文的文学创作与西方古典音乐》（《中国比较文学》2009 年第 3 期），提出沈从文在文学中表现音乐，用音乐化创作的方式，使现代中国的音乐抒情文学这一新类型和新风格趋于成熟。有关土改叙事及突转叙事的成果相对较少。土改叙事方面的相关性成果，如张新颖的《沈从文的后半生》（广西师范大学出版社 2014 年版），有专门一章探讨川行土改中“群”“单独”“有情”于沈从文生命的意义。而论文则如张谦芬的《沈从文建国初期的土改书写》（《中国现代文学论丛》2008 年第 2 期）。该文对新中国成立初期沈从文的土改书信作了较全面的解读，辨析了沈从文在转折时期的思想改造、文学转型的处境。突转叙事是笔者借鉴亚里士多德《诗学》中论古希腊悲剧的提法，引用而来的一个命名。但相关的研究在沈从文研究的泰斗——凌宇先生的《从边城走向世界》（生活·读书·新知三联书店 1985 年版）中早已有所涉及，在吴正锋的专著《沈从文小说艺术研究》中也有专门提及。这些前辈、学者的研究为本选题的写作提供了扎实的基础和思路的启发。

鉴于本选题是一个较保守，或者说是一个比较缺乏新意与冲击力的选题，要想创新确实很难。笔者只能是尽力而为，争取不故步自封，也不亦步亦趋，勉力出新。正如《中国现代文学研究丛刊》的编者在“编后记”中对拙作《沈从文小说中的突转叙事模式研究》一文的推荐与点评：“自新时期以来，沈从文研究就一直是个热点，如今要想在这一领域翻出新意，委实不易，而《沈从文小说叙事中的‘突转’模式》一文在研究思路和方法上还是很有新意的。作者遍考沈从文小说，从而发现其小说——尤其是早期——叙事的一个重要特征：‘突转’模式。凭借这种‘突转’，其作品产生了发现、惊异、悲剧和空白的审美效果，既渗透了沈从文的人生体验，也是他对人生‘偶然性’的理性思考。”确实，在“叙事艺术”这个较传统的题目下，整体创新“委实不易”。本书力争在部分章节、部分观点上有所突破。

本书分四章来阐述沈从文的叙事特点和叙事艺术。各章观点摘要如下。

第一章“突转叙事”。“突转”是沈从文小说叙事上的一个重要特点，它主要集中在沈从文1924—1933年间文学创作，并以“死亡”的“突转”为其特色，产生了发现、惊异、悲剧和空白的审美效果。沈从文小说叙事上的“突转”既渗透了他的人生体验，也是对人生“偶然性”的理性思考。1937年以后，沈从文几乎中断了小说叙事上的“突转”而转向“抽象”层面的思考，也带来了他的精神危机。

第二章“乡土叙事”。将沈从文与他的弟子汪曾祺进行比较解读，从四个方面进行阐述。第一，从叙事姿态来看，在边缘心态的驱使和边缘视角的烛照下，他们的叙事作品都呈现出背向历史的姿态。第二，从叙事话语来看，沈从文和汪曾祺的小说自始至终都在关注着乡村人物、乡村生活。他们不约而同地选择对乡村生存状态、生命形态进行诗意诉说。第三，从叙事时空来看，“边城”“大淖”等时空体的运用，体现出沈从文和汪曾祺以“边缘”拯救“主流”、以“民间”拯救“中心”的启蒙姿态或寻根立场。而且，两位作家独特的叙事时态和叙事时刻艺术，彰显出他们对“无时间性的醉心”及对时间人文化的重视与挖掘。第四，从叙事结构来看，沈从文和汪曾祺的乡土小说中有着极为广泛的对照艺术手法的应用，特别是“前—后”对照这种艺术手法。同时，他们对小说的结构势能也很看重，并在《边城》《大淖记事》中对其进行了淋漓尽致的演绎。

第三章“音乐叙事”。分“沈从文人生与音乐的因缘”“音乐叙事的具体体现”两大块，着手从五个方面进行解读。第一，从根源上探究沈从文的人生与音乐的不解之缘。在沈从文人生的三个重要节点上，音乐因缘成就了他，也挽救了他。首先，音乐富于幻想的气质激励沈从文出走湘西。其次，音乐的静穆和谐特质挽救20世纪40年代的沈从文于“抽象”的“泥淖”中。最后，在1949年沈从文精神濒临崩溃时，音乐特有的调节谐和作用挽救他于绝地之中。音乐气质、文学气质，是沈从文并列的两种艺术特质。二者相辅相成，在沈从文的个体生命中发挥了重要作用。第二，从叙述方式上论述沈从文创作的音乐性特征。音乐是“流动的建筑”，音乐是通过音响结构的流动来表现人的情感的。具体地说，音乐是以节奏的疏密、旋律的走向与和声的进行，以及配器的浓淡来展示人的情感变化过程的。沈从文则以流动的叙述角度、进程中的人事叙述和开放式的结尾设计，及疏密相间的叙事节奏来完成作品情节的构筑和情感的表达，从而实现叙述方式上的音乐性特征，完成他于作品音乐性美感的追求。第三，从叙述结构上论述沈从文创作的音乐性特征，主要从复调设计和奏鸣曲式结构两点上进行展开。沈从文一方面从中国传统的多声部民歌中汲取营养，一方面从自己钟爱的西方大量的古典音乐中获得灵感，凭自己对音乐的直觉、敏感与执着，承续陀思妥耶夫斯基的创作路数，很好地在诸如《柏子》《腐烂》《丈夫》《灯》和《会明》等作品中征用了复调这种艺术手法，并在《边城》和《看虹录》等作品中成功地贯彻、运用了奏鸣曲式的结构原理和曲式进程。第四，从叙述语言上论述沈从文创作的音乐性特征。沈从文的作品语言富于音乐美。他善于调用各种手法来增强作品的音乐性特征，将内心旋律转化为语言旋律，将语言旋律转化为音乐旋律，从而突破理性语言的局限，实现他文学音乐性的初衷与追求。具体体现在四个方面。首先，在用字遣词上，十分注意所选用词汇的动感与乐感特征；其次，在短语运用上，特别强调对称感、节奏感；再次，在句式运用上，句与句之间具有鲜明的节奏感、旋律美与音乐感；最后，在组段成篇上，善于在行文中调用各种手法来增强作品的音乐性美感。第五，对沈从文作品中的民歌元素进行研究。沈从文喜欢在作品中运用各种形式的湘西民歌，如巫歌、山歌、小调、劳动歌曲和风俗歌。此类乡野民歌的大量运用，不仅增加了文本的趣味、野味、巫味，使文本氤氲着浓厚的湘西习俗氛围，并打上深深的湘西文化烙印，更使文本飘溢着馥郁的音乐美，增强了美感和感染力。

第四章“土改叙事”。1951 年的川南土改之行，是沈从文第三个人生节点的完成点，亦是他后半生人生的真正开启点，具有完成和开启的双向时间意义和双重生命意义。川南土改之行是沈从文的寻梦之旅，静心之旅，疗伤之旅，更是他的改造之旅，赎罪之旅，自新之旅。由此写作的川行书简是他个体生命的证词，是他文学生命的最后一次律动与勃发，也是他思想认识变动全过程的记载与见证。1951 年、内江、川行书简，三者从时间到空间，从实践到沉思，见证了沈从文的心路历程与思想变化。可以这样认为，没有川南土改之行，就没有后半生的沈从文。如不经历土改，沈从文可能就无法真正化解他的精神危机，愈合他的心灵创口，就不会平心静气于文物的收集、整理与研究，也就不会有后来作为服饰文物学家，焕发人生第二春的沈从文。

不管是独辟蹊径，还是被逼无奈，本书对沈从文叙事艺术的探究仅是一孔之见。囿于笔者的学力和识见，全书的系统性、逻辑性、学理性还有很大欠缺，片面性、不完整性在所难免，甚至存在偏讹之处。期待于方家的批评和指正，我将虚心接受，俟日改正。

第一章

突转叙事：沈从文小说叙事的重要模式

沈从文是现代“文体作家”。他非常重视叙事技巧的运用，1935年在《大公报》上发表的《论技巧》一文，总结了他的叙事经验，认为：“一个作品的成立，是从技巧上着眼的”，“一个作品的成败，是决定在技巧上的”[①]。本章所说的“突转”主要表现为沈从文小说中的一种叙事特征，并成为一种叙事模式，同时渗透有作者的人生经验，既体现了沈从文小说的美学特质，也呈现出作者的文学和文化观念。早在1934年，苏雪林就敏锐地察觉到沈从文“每篇小说结束时，必有一个‘急剧转变’（a quick turn）”，赞叹其“组织力之伟大”[②]。王晓明在讨论沈从文湘西小说时，也认为他“先以歌咏田园诗般的散文笔调缓缓地展开对湘西人淳朴风情的细致描绘，最后却以一个出人意料的转折，一下子打断前面的歌咏，把你推入对人生无常的强烈预感之中：这就是沈从文个人文体的最显著的形式特征”[③]。凌宇先

---

① 沈从文：《沈从文全集》第16卷，北岳文艺出版社2002年版，第471页。

② 苏雪林：《沈从文论》，《文学》1934年第3期。

③ 王晓明：《“乡下人”的文体与“土绅士”的理想——论沈从文的小说文体》，载王晓明主编《二十世纪中国文学史论》第2卷，东方出版中心1997年版，第378页。

生也认为，从小说的情节发展看，沈从文很多小说中的“煞尾往往是一种突转”①。也有其他学者注意到沈从文小说结构上的“突转”特征，② 或将其称之为“空白叙事”和“非理性叙事”③。可见，“突转”确实称得上沈从文小说的一种叙事模式，是一个值得认真研究的问题。

第一节　突转叙事的数量统计与发展轨迹

依据《沈从文全集》（北岳文艺出版社 2002 年版）作统计，从沈从文 1924 年公开发表第一篇作品《一封未曾付邮的信》到 1949 年底，这 26 年间，沈从文一共创作了文学作品约 656 篇（包括小说、诗歌、散文、戏剧和文论，书信除外），其中有小说 206 篇。这些小说具有叙事的“突转”模式，大约有 52 篇，占小说总数的 25% 左右。具体列表如下：

表 1－1　《沈从文全集》小说叙事的“突转”模式计量统计表（1924—1949 年）

序号	发表时间	篇名	“突转”特征	序号	发表时间	篇名	“突转”特征
1	1925. 10	《夜渔》	“夜渔”主题的意外终止	27	1930. 10	《三个男子和一个女人》	世人眼中胆小的豆腐铺老板为爱而掘墓盗尸
2	1926. 10	《记陆弢》	“水鸭子”陆弢的淹毙	28	1930. 12	《山道中》	山道行人军官、纸客的被杀被抢
3	1927. 05	《晨》	爱虚荣的岚生太太在烫发时突然不烫了	29	1931. 01	《石子船》	已被看好亲事、熟谙水性的水手八牛被淹死

① 凌宇：《从边城走向世界》（修订本），岳麓书社 2006 年版，第 311 页。

② 吴正锋：《沈从文创作研究》，博士学位论文，湖南师范大学，2010 年，第 273—284 页。

③ 詹朋万：《沈从文小说中的艺术空白》，《吉首大学学报》1987 年第 3 期；何圣伦：《苗文化的传承与沈从文小说叙事的非理性化》，《西南师范大学学报》2004 年第 6 期。

续表

序号	发表时间	篇名	“突转”特征	序号	发表时间	篇名	“突转”特征
4	1927.06	《草绳》	搓草绳梦想发洪水财的得贵伯梦碎了，草绳变成了小孩的秋千	30	1931.05	《一个女剧员的生活》	女演剧员萝最后出人意料的爱情选择
5	1927.07	《山鬼》	毛弟的哥哥“癫子”莫名变癫狂	31	1931.05	《渔》	吴姓兄弟最后放弃复仇
6	1927.09	《初八那日》	锯木人七老定亲日横死	32	1931.08	《医生》	医生被绑架到峒里去救已死女子
7	1927.12	《好管闲事的人》	少年编辑的窥探成空变为精神上的破落户	33	1931.09	《三三》	三三进城梦的突然断裂
8	1928.02	《入伍后》	预备入伍避祸的二哥死于仇杀	34	1931.10	《虎雏》	虎雏的杀人与不辞而别
9	1928.11	《阿黑小史》	恋爱中的五明莫名变疯	35	1931.11	《黔小景》	谎称儿子活着的客栈老人突然死亡
10	1929.01	《媚金·豹子·与那羊》	媚金与豹子的相继自杀	36	1932.03	《泥涂》	张师爷的突死及死后的“众民观”
11	1929.01	《阿金》	阿金娶寡妇的钱输给赌场而念想成空	37	1932.05	《静》	逃难女孩岳珉一家静等父兄救援，却不知远在他乡的父亲已死亡
12	1929.02	《旅店》	“大鼻子”意外死亡，旅店突然多出个小黑猫，帮工驼子成了黑猫丈夫	38	1932.06	《黄昏》	临刑前乡下人的“还账”叮嘱
13	1929.02	《参军》	要开拔的青年弁兵匆忙与相好约会，部队却又不开拔了	39	1932.07	《都市一妇人》	妇人毒瞎心爱之人的眼睛
14	1929.05	《七个野人与最后一个迎春节》	七个反压迫的土民醉梦中被剿杀	40	1932.11	《节日》	中秋晚上犯人的死亡

续表

序号	发表时间	篇名	“突转”特征	序号	发表时间	篇名	“突转”特征
15	1929.06	《道师与道场》	做道场的师兄被乡村女孩吸引而耽搁行程	41	1933.02	《月下小景》	乡野热恋男女的从容赴死
16	1929.07	《神巫之爱》	原以为爱上哑女人的神巫发现恋人却是一对姐妹花	42	1933.08	《如蕤》	如蕤终于得到爱情却选择离开
17	1929.09	《牛》	精心护理耕牛的大牛伯最终意外失牛	43	1933.09	《生》	老头演戏总是王九打败赵四，现实真相却是赵四打死了他儿子王九
18	1929.10	《菜园》	儿子儿媳的突然被捕身亡，玉太太的自缢	44	1933.09	《爱欲》	美妇为爱的疯狂举动
19	1929.11	《夫妇》	到乡下养病的璜突然预备回城	45	1934.04	《边城》	天保、老船夫的突死
20	1929.12	《烟斗》	疑心被开除的王同志意外高升买烟斗纪念	46	1934.12	《知识》	老农夫及家人在亲人被毒蛇咬死后的淡定镇静态度
21	1930.01	《萧萧》	要远嫁他方的萧萧不嫁别处了	47	1935.05	《新与旧》	刽子手老战兵的突死
22	1930.01	《建设》	美国传教师的被杀	48	1935.07	《顾问官》	土娼的耶稣讽刺歌及顾问官发横财
23	1930.04	《丈夫》	丈夫与船妓妻子突然回转乡下	49	1935.08	《八骏图》	达士教授临上火车前的突然变卦
24	1930.06	《夜》	平静山野老者房中却停厝着刚逝去的妻子	50	1937.05	《贵生》	乡野豪强五爷突然迎娶金凤
25	1930.06	《冬的空间》	×女士之投江	51	1937.06	《大小阮》	小阮的死后复生复死
26	1930.07	《逃的前一天》	精心准备逃跑的兵士临逃之时不逃了	52	1947.06	《巧秀和冬生》	满大队长的被逼剿匪

注：本统计表仅是个人的统计，可能存在遗漏或失当之处。

由此可见，“突转”是沈从文小说叙事的重要特点，从中也可看出沈从文叙事的“突转”模式的发展轨迹，人们一般将沈从文1949年前的创作分为创作前期（1934年之前）、创作中期（1934—1937年）和创作后期（1937—1949年）三个阶段。在52篇含叙事的“突转”模式的小说中，前期占44篇（85%），中期占7篇（13%），后期仅有1篇（2%）。叙事的“突转”模式主要集中在前期，中期数量大减，后期几乎绝迹，呈现出由多到少的明显趋势，也就是说，沈从文在前期小说构思和写作中大量使用叙事的“突转”模式，而中后期却很少或不愿使用。那么，沈从文小说叙事的“突转”模式具有怎样的艺术特征和美学意蕴？为什么出现这样一种发展态势？与其人生经验和理性认知有着怎样的关联？

第二节　突转叙事的小说分类

1924年到1928年的五年间，沈从文一共创作了九篇“突转”叙事小说，其中除《初八那日》《入伍后》表现命运的捉弄、人生的无常并含有一定哲理意义外，其余七篇相对而言艺术水准都不高，如《夜渔》简单呈现茂儿捕鱼梦的破碎，《晨》讽刺岚生夫妇的做作虚荣，《草绳》嘲讽乡下人不切实际的发财梦想，《好管闲事的人》暗批小人物的窥探欲和变态心理，等等，均有较明显的斧凿痕迹，结构随意甚至芜杂散漫，“突转”背后缺乏深意。

特别值得提及的是《阿黑小史》。《阿黑小史》发表于1928年10月，描摹一对乡村小儿女的爱恋悲剧。阿黑和五明你情我愿、恩恩爱爱，但在婚礼举行前夕，却发生了“五明变疯，阿黑失踪，婚礼取消”的巨变。作家原意是借不可预料的“突转”来表现人生命运的无常，但无论是“小说原目”的《油坊》《秋》《雨》《病》《婚前》五篇，还是篇末标明为“阿黑小史第五”然又未入集的《采蕨》篇，无任何一篇交代有关这场爱恋巨变的蛛丝马迹，五明为什么疯了？阿黑到底去哪里了？婚礼为什么没有如期举行？一切让读者去猜谜，叙事的“突转”既在意料之外亦在情理之外，显得有悖日常生活常理，又违逆情节发展的内在逻辑，似乎是叙事者“无心”的“过错”而造成的叙事“硬伤”，可称为“非艺术性”的“突转”叙事。其实，《阿黑小史》题材独特新颖，文字朴实流畅，从结构规制上也可看出作家是想好好经营一番的，可惜由于上述情节设计方面的缺陷，只能将其划入不成功的叙事的“突转”模式类型。

当然，从作家创作的心路历程上也容易理解这种前期写作的局限性，20多岁的沈从文从湘西乡下而来，虽然阅历丰富，但创作其实还处于一种懵懂混沌的状态，加上急于以写作谋生，留下艺术上的遗憾也是可以体谅的。1929年以后，沈从文的小说开始走向成熟，如果说1929年前的“突转”叙事只是作家被动无意识的选择，那么，1929年后就是作家有意识的设计了，出现了《菜园》这样的“突转”叙事精品。这时期的“突转”叙事基本属于意料之外情理之中的人事变化，是合乎情理的事件质变或人物命运的突变，可称为艺术型的“突转”叙事。依据“突转”的强度和烈度，可从两个方向去理解它，有的是叙事者“无意”而为的“突转”，是顺势而致、水到渠成的转折性叙事，是日常性的突转叙事；有的是叙事者“有心”设计而形成的强烈转折，给人以突兀、惊异的美感，为非常性的突转叙事。

无论是写乡下人还是城里人，沈从文善于从日常生活细微处提炼出偶然事件，连接日后的人生变故，从而形成一种日常性突转叙事，揭示普通人生不可预料的“常”与“变”。如黄牛寨管事《阿金》娶寡妇的钱意外输给赌场，意中人被绸商带走；要远嫁他乡的《萧萧》生了个团头大眼的大小子而不另嫁别处了；《道师与道场》答应过新寨去做道场的师兄被鸭拉营酒店的女子吸引而误了行程；《三三》的进城梦在城里白脸养病男子突然去世后而破灭；到乡下养病的璜受年轻《夫妇》“野合”的刺激而突然预备回城；《八骏图》达士教授受海边女子脚印的诱惑而托病不愿再去探看远方的未婚妻。可以说，因日常生活的琐屑变动而引起近乎“无事”的“艺术突转”，一种温和性的“日常性”叙事“突转”，也是沈从文小说的叙事策略。人有悲欢离合，人的一生随时充满各种“偶然”和“不定”。沈从文的高明之处在于写出一种人生的“本”与“真”，凡人生活和生命的原生态，同时又不忘在“突转”叙事中暗含对城市人的微讽，以及对乡下人默然面对生命欠缺时所表现的顽强和自赏的赞叹。

当然，沈从文顺乎自然的“突转”叙事，也有激烈时刻，是叙事者有意为之的“非常性”构设。《顾问官》在平淡乡土叙事中突兀插入土娼“耶稣爱我，我爱耶稣，耶稣爱我白白脸，我爱耶稣大洋钱……”这种调侃式的“突转”，将乡村人对洋教的潜意识抗拒心态绝妙表现出来。《贵生》以乡绅五爷突然迎娶金凤的叙事来讽刺地方豪强的道貌岸然；而《丈夫》携船妓妻子突然回转乡下的大转折，却是一个乡野男子汉自尊心的发现与重拾。《渔》以吴姓兄弟几十载苦觅得仇人而最后竟放弃复仇来表现人性的发现、感化与回归；特别是《静》将春日丽景中女孩岳珉的静思、苦盼，与小说收束时“女孩岳珉便不知所谓的微微地笑着。日影斜斜的，把屋角同晒楼柱头的影子，映到天井角上，恰恰如另外一个地方，竖立在她们所等候的那个爸爸坟上一面纸制的旗帜”的对比设置，呈现出人生变幻的无情。《生》写京城卖艺的孤苦老头孜孜十年表演“王九打倒赵四”傀儡戏的真情投入却隐藏震撼人心的真相：“他不让人知道他死去了的儿子就是王九，儿子的死乃是由于同赵四相拼也不说明”，“王九死了十年，老头子在北京城圈子里外表演王九打倒赵四也有了十年，那个真的赵四，则五年前在保定府早就害黄疸病死掉了”，这种“卒章显其志”式的“突转”设计凸显了造化弄人，生命无常，一回头一切皆非的意味深长的艺术效果。

生死无常，死亡何惧，表现人之“横死”是沈从文“突转”叙事的主体。《记陆弢》《初八那日》《入伍后》《媚金·豹子·与那羊》《旅店》《七个野人与最后一个迎春节》《菜园》《建设》《夜》《三个男子和一个女人》《冬的空间》《山道中》《石子船》《医生》《虎雏》《黔小景》《泥涂》《黄昏》《节日》《月下小景》《边城》《知识》《新与旧》《贵生》《大小阮》《巧秀和冬生》26篇都涉及“死亡”的“突转”，占到1949年前“突转”叙事小说的50%，足见其分量与重量。在这些小说里，最精彩的是《黄昏》和《夜》。《黄昏》写长江中部某省石头县城里的监狱人生。乡下人临刑前的一席话：“大爷，我砦上人来时，请你告诉他们，我去了，只请他们帮我还村中漆匠五百钱，我应当还他这笔钱。”与其卑微地位形成了强烈的对比。至死不忘人生责任的乡下人，又安然地领受命运的安排。《夜》的“突转”叙事更是惊心动魄、扣人心弦，深夜山道孤屋，老者平静地款待山中迷路行客，“我”与几个兵士讲僵尸故事打发漫漫长夜，老者“也微微笑了一下”，让人意外的是，隔壁睡房里就躺着老者刚逝去的结发妻子。更让人惊讶的是，老者不动声色的一席话：“我要到后面去挖一个坑，既然是不高兴再到这世界上多吃一粒饭做一件事，我还得挖一个长坑，使她安安静静的睡到地下等我。”中国道家有“齐生死”传统，人们曾津津乐道庄子的“鼓盆而歌”，说的主要是士大夫阶层。不料村野老者面对不幸和苦难，也有如此道家风范！沈从文曾说：“神圣伟大的悲哀不一定有一摊血一把眼泪，一个聪明作家写人类痛苦是用微笑来表现的。”[①] 拥有这样的艺术气度，即使叙述人间苦难，也语调平缓而从容，有举重若轻的“突转”奥妙。

实际上，《边城》也是一篇有关死亡突转叙事的小说。小说的魅力很大一部分来自“突转”叙事的成功运用。小说中有三处涉及“死亡”，如果说翠翠父母的“死”只是小说叙事的一个隐约背景，尚不构成真正“突转”的话，那么，大老天保和老船夫的“死”却实在是情节进程的“拐点”，属于货真价实的“突转”。正因为有了天保对歌失败而出走，才引出“被淹死”的“突转”，导致小说叙事风格也突转直下，文本前半部分是一首美轮美奂的欢快牧歌，后半部分却是一曲压抑凝重的伤心悲歌，转折点就起于天保的“死”。天保的“死”间接导致了二老傩送的“下桃源”，也使船总顺顺对前来探听口风的老船夫的“不耐烦”；最终引发老船夫的“突然死亡”，由此形成《边城》的又一次大“突转”。小说最后以一句“这个人也许永远不回来了，也许‘明天’回来”戛然收束，留下一个未明的结尾让读者去猜度。如果说天保的“死”合情合理的话，那么老船夫的“死”是不是太突然了？老船夫虽然70多岁了，但风里来雨里去，活得健健康康、硬硬朗朗，怎么说死就死了呢？尽管文本提到老船夫是在顺顺那里受了打击，并且也有文字交代：“老船夫被一个闷拳打倒后。天色还早，老船夫心中很不高兴，

① 沈从文：《沈从文全集》第17卷，北岳文艺出版社2002年版，第186页。

同杨马兵喝了三五杯。回到碧溪岨，走得热了一点，又用溪水去抹身子。觉得很疲倦。”于是在当晚暴风雨夜里死去。但一路阅读下来，似乎总觉着老船夫之死是不是太快了？有点不合情节，也不合情理？但却形成了《边城》的“突转”叙事，给人以曲里拐弯的感觉。《边城》的创作也有事实依据。1933年底，小说写作到一半左右的时候，沈从文曾因母病而第一次返乡探亲，家乡的衰败和人性的快速堕落使他苦心孤诣建构起来的“神性小庙”颓然崩毁。作家是不是有着借《边城》人物的突然死亡或出走暗含对湘西“明天”以及民族未来的“忧虑”与“不安”的担心？① 老船夫的“突死”表面上虽显勉强，但却实现了作者的创作构设，传达了沈从文的深谋远虑。

第三节　突转叙事的审美效果

“突转”叙事常因事件突然中断和变故或人物命运瞬间逆转而形成突然性、惊异性和悬念性的艺术特点，同时也具有某种“发现”的审美效果。“突转”和“发现”如一对孪生姐妹，不可分割。亚里士多德的《诗学》这样定义“发现”：“指从不知到知的转变，即使置身于顺达之境或败逆之境的人物认识到对方原来是自己的亲人或仇敌”，并且，“突转”的“发现”“能使人吃惊”，“能引发怜悯或恐

---

① 张森曾以“神之颂赞—神之反思”来概述沈从文前中期乡土创作的变化，并将《边城》界定为“神话的顶峰与终结”，认为傩送的出走与翠翠的等待打开了一个“缺口”，是作家对湘西世界循环性和封闭性的打破。参阅张森《在“诗”与“史”之间——沈从文思想研究》，博士学位论文，湖南师范大学，2008年，第174页。沈从文在《边城》完成后不再创作“牧歌式”的小说，随后创作的《湘行散记》以及《长河》《小砦》《湘西》等篇章，将他内心对湘西现状、未来的担忧情绪毫无顾忌地表达和释放出来。参阅肖太云《模糊结尾与两难心境的隐秘关联——〈边城〉结尾之新探》，《名作欣赏》2009年第11期。

惧”，“还能反映人物的幸运和不幸”[①]，因此，有突转伴随的发现，优于单纯的、一般的发现。[②] 沈从文小说中的“发现”常常呈现为“人物对自己的身份或处境从不知到知”的过程，[③] 突出“突转”后的命运和情感的“发现”，从而形成一种由叙事带来的“发现”审美效果。《初八那日》写年仅20多岁的锯木人七老憧憬着“人之初”的欢娱，但在幸福即将降临的定亲日却被巨木压死，呈现了小人物不可自主的“命运”和生死无常的“生命”发现，让人百转凄恻、肝肠寸断。《医生》写绑匪绑架医生的目的竟是为了救治已死的爱人，“突转”的背后是摄人心魂的“爱情”发现。《都市一妇人》写将军遗孀为了留住恋人，竟不惜毒瞎他的一双眼睛，情节“突转”让人震撼而心寒，也产生“一峰突起，照亮全篇”[④] 的美学效果。

其实，在“突转”产生“发现”的同时，也为文本带来了艺术的惊奇之美，形成一种惊异的美学特质。不管是日常性的“突转”叙事，还是非常性的“突转”叙事，只要有“突转”，就会伴随着惊诧，并给读者以审美的震撼和快感。《三个男子和一个女人》有着散漫无拘、平实无趣的叙事节奏，看似胆小的年轻豆腐铺老板却掘墓恋尸，由此产生强烈的反差和惊异效果。《菜园》在明快欢畅的背后，却有阴郁突兀的“死亡”叙事，如突如其来的致命一击，强行将读者温和恬静的美梦击碎，随之被带入梦魇般的阴冷之境，有如从赤道到北极，冰火两重天的反差，同情与惊异却应运而生。《静》和《生》两篇小说都在不动声色的大段铺写中或交代春日丽景里女孩的静思默想，或叙述什刹海场子里老头的入情演出，只是在小说末尾，

① ［古希腊］亚里士多德：《诗学》，陈中梅译，商务印书馆1996年版，第89页。
② 同上书，第122页。
③ 凌宇：《从边城走向世界》（修订版），岳麓书社2006年版，第311页。
④ 同上。

用极俭省的笔墨点出或“死”或“幻”的真相，虽然篇幅短小，但念想的铺陈描绘与死亡、幻灭真相的简短揭示却形成了强烈的对比，产生了骇人心魄的惊异之感，审美痛楚也透纸而出，“突转”叙事的运用已臻神化之境，如盐化水一样无迹无形，浑然一体，显示出沈从文“突转”叙事的高超艺术。亚里士多德认为：“在处理突转和简单事件方面，他们力图引发他们想要引发的惊异感，因为这么做能收到悲剧的效果，并能争得对人物的同情。”[①] 可谓切中肯綮之论，也道出了沈从文“突转”叙事的玄机。

“突转”叙事也具有浓厚的悲剧气息。《边城》就被认为是一曲经典悲剧，小说中主要人物的“出走”或“死亡”，就产生了一种浓烈的沉郁、悲悯氛围。“突转”的运用使读者从对情节的追寻转变为对人物和民族命运的沉思。对描写小人物、小职员的小说，“突转”更增强了作品的悲凉感。如《草绳》写得贵伯想借涨水发大财，河水却戏剧性地消退，他连夜编织的草绳也“无用”了。《知识》叙写一个城市青年下乡途中的所见所闻，故事平淡无奇，却意外看见一乡野老农及其家人平静面对亲人被毒蛇咬死，叙事发生了“突转”，增强了文本的艺术力量，呈现了日常生活中种种“无事”的悲剧。

“突转”叙事还产生了一种“中断”的艺术效果，形成小说的空白美和陌生感。沈从文深受传统叙事影响，偏爱传统艺术的暗示、无言之法，“暗示”被冯友兰认为是“中国诗歌、绘画等各种艺术所追求的目标”[②]。沈从文也认为，“有些作品尤其重要处，便是那些空白处不着笔墨处，因比例下具有无言之美，产生无言之教”[③]。他在私

① ［古希腊］亚里士多德：《诗学》，陈中梅译，商务印书馆 1996 年版，第 132 页。

② 冯友兰：《中国哲学简史》，天津社会科学院出版社 2005 年版，第 11 页。

③ 沈从文：《沈从文全集》第 16 卷，北岳文艺出版社 2002 年版，第 505 页。

下里常以叙事的简省和抒情的蕴藉自豪，认为自己的描叙功夫可与屠格涅夫、契诃夫媲美，他说："由于自己要写作，因此对于中外作品，也特别注意到文字风格和艺术风格，不仅仔细分析契诃夫或其他作家作品的特征，也同时注意到中国唐宋小说表现方法、组织故事的特征。"[①] "突转"产生的"中断"就形成了"空白"之美。《新与旧》写老战兵在第二次做刽子手后却突然死亡，带给读者不少疑问；《旅店》写"大鼻子"突死之后，"小黑猫"却出生了，也存在解不开的谜团；《边城》中老船夫之死和傩送出走也留下了无尽的空白。沈从文小说的"突转"叙事几乎都留下了大量的艺术空白，产生了小说叙事的简洁、含蓄效果，也增加了文本接受的强度，丰富了小说的阐释空间。

第四节　突转叙事的原因与内蕴

沈从文熟悉中国古典戏剧，也熟悉莎士比亚悲剧。[②] 戏剧擅长"突转"手法，他应是心领神会的。沈从文小说的"突转"叙事也与他的人生经验和对生命偶然性的理性认知有着紧密关系。沈从文的青少年生活是在湘西乡下行伍中度过的，经历了太多生命的"偶然"和"意外"，目睹了太多的"死亡"和"不凑巧"，在《从文自传》里随处可见地方军队的随意杀人（《清乡所见》）；整个部队同当地神兵冲突，"全部都覆灭了"，"熟人全杀尽了"，母亲卖老屋的一点所得也在恋爱中被骗光（《女难》）；儿时要好的伙伴陆弢在保靖酉水中

① 沈从文：《沈从文全集》第12卷，北岳文艺出版社2002年版，第419页。

② 沈从文在《绅士的太太》里提到了哈姆莱特，《泸溪·浦市·箱子岩》也提到《仲夏夜之梦》。沈从文还为孙大雨《黎琊王悲剧》（即《李尔王》）写过附记，对田汉的莎士比亚译作做过评价。

突然离去（《一个转机》）；家道的中落，家庭的变故（父亲长期在外流亡），恋爱的失败，身边熟人的“突死”及早期生活的逼迫（进京后因生活穷困潦倒差点让他重新去“卖身当兵”[①]），青年沈从文见证了生命的“复杂多方”，留下了难以磨灭的印象，这些所见所闻也内化为他的生命经验，同时外化为小说叙事。“我们生活中到处是‘偶然’，生命中还有比理性更具势力的‘情感’，一个人的一生可说即由偶然和情感乘除而来”[②]，20 世纪 40 年代的沈从文在反思自我和生命时如是说。随处可见随时发生的“偶然”和“死亡”，形成了沈从文的“先入之见”，进而上升为经验理性，成为他思考人生和生活的触须，并生成为小说里的种种“突转”叙事。

有意思的是，沈从文前期小说的“突转”叙事，所给人的印象并不是对苦难和哀伤的刻意倾诉，而是“神在生命中”的颂赞，是对“不悖乎人性”的人生形式的讴歌，即使有秋天的感觉，也给人以“美丽总是愁人”的印象。这又与他的离开湘西有关。

沈从文因对生命形式的不满足而从湘西出走，到北京、上海寻找新的谋生机会。但青少年时期的行伍生涯，以及湘西封闭的地理限制，与后来生命的自觉和澄明相比，对创作初期的沈从文来说，还处于混沌状态。这些生命的混沌使沈从文的小说创作，无法参透过去所遭遇的种种生命形式背后的丰富意义，正是这种对生命意义的模糊，才导致他在对生命进行思考和呈现时，总是以最直观、最本质的方式去理解和表现，也就是不带任何外在观念介入的自然状态，获得了对生命最真实的理解，[③] 保持着“一切极朴野，一切不普遍化，生活形

① 凌宇：《沈从文传》，北京十月文艺出版社 2003 年版，第 158 页。

② 沈从文：《沈从文全集》第 12 卷，北岳文艺出版社 2002 年版，第 95 页。

③ 参阅张森《在“诗”与“史”之间——沈从文思想研究》，博士学位论文，湖南师范大学，2008 年，第 110—113 页。

式生活态度皆有点原人意味”的状态。[①] 依此生命态度而入思的“突转”叙事，表现为历经人生的种种挫折和打击、“偶然”和“不幸”，但大都被作为人生的一个小插曲，成为人生的常态，“不曾预备要人怜悯，也不知道可怜自己”[②]。这些生命形式的一个共同特征就是生命“主体性”的普遍缺乏，但却拥有不为外物所役的生命特质。在此基础上，沈从文形成了对湘西“生命的颂赞”，对“精致结实匀称”的人性的打造，小说叙事的“突转”模式成为他完成对此种生命形态构设的最佳手段，加之初登文坛时的人生感伤，更使他有了一吐为快的心理动力，这或许就是沈从文前期创作出现众多“突转”模式的深层原因。当然，也不能完全排除初登文坛的沈从文想以“突转”叙事产生“传奇”效果来吸引读者的现实考量，[③] 但这已是创作主体之外的社会因素了。

1934 年，沈从文的创作进入第二个阶段。此时的沈从文生活逐步安定下来，文坛地位也有保障，无须再靠题材的新鲜和故事的“离奇”来收编读者，此阶段的“突转”叙事也大幅度减少，由此也能证明沈从文叙事的“突转”模式与其生命体验和思考有着密切联系。对生命的思索贯穿沈从文人生和创作的始终，成为沈从文思想观念中的一个核心概念，也是打开沈从文文学密码的一把钥匙。20 世纪 30 年代中期，沈从文对生命的认识逐渐走向澄明之境，对五四启蒙运动也有深切的理解，进入生命的反思阶段，对生命观照的重心也发生了转移，一方面，以生命的合理性为尺度，继续探究“原人”

① 沈从文：《沈从文全集》第 11 卷，北岳文艺出版社 2002 年版，第 171—172 页。

② 沈从文：《沈从文全集》第 9 卷，北岳文艺出版社 2002 年版，第 42 页。

③ 参见解志熙《“乡下人”的经验与“自由派”的立场之窘困》，《中国现代文学研究丛刊》2008 年第 1 期。罗常培也曾批评沈从文是“贩卖乡土神话”的作家。参见罗常培《我与老舍》，昆明《扫荡报》1944 年 4 月 19 日。

式的生命形式；另一方面，又以历史合理性为准则，以现代启蒙眼光审视自然生命的缺陷。他所致思的路径是：既不愿固守单纯的生命“神性”，也不一味地走向驳杂的“现代”，而是不断寻求生命的突破和出路。这一理路的标志性文本就是《边城》，它既有对“神性”生命的热情颂赞，也有借叙事的“突转”模式表达对自然生命形态的现实困境和未来出路的担忧；另外，《新与旧》也借刽子手老战兵的“突死”来证明古老生命形态在现代社会的困窘。这时，沈从文叙事的“突转”模式也悄然间发生了变化，从自然生命的偶然和不凑巧演变为理性的反思和批判，“突转”叙事也逐渐出现减少趋势。到了40年代，沈从文为了实现生命的“重构”，而沉湎于抽象与具象的泥淖之中，滑入生命的泛化和观念化诉求，提出了“新的道家思想”[①]，他的精神也出现了危机，小说创作也日渐稀少，“突转”叙事几近绝迹。

中国传统文学有“无巧不成书”的叙事策略，“突转”也是现代作家运用的一项基本手法。曹禺的《雷雨》将周鲁两家30年恩怨置于一天一晚，就运用了“巧合”元素，并且，因鲁侍萍的突然“出现”和繁漪由爱生恨的暴露“真相”，而引发剧中人物命运的大“突转”，增强了文本的“戏剧性”，也招致批评界“太像戏”的质疑。茅盾《子夜》也设计了吴荪甫在遭遇公债危机陷入困境后，去强奸仆人王妈的“突变”情节；《腐蚀》以小昭被害作为女特务赵惠明开始重新生活的转折点，虽是迫于读者的要求，“就地‘拖’出来”[②]的情节安排，但也增加了人性的丰富和故事的曲折。张爱玲的小说创作，无论是《倾城之恋》因香港的沦陷而成就了一对小儿女的婚姻，

① 沈从文：《沈从文全集》第12卷，北岳文艺出版社2002年版，第97—98页。

② 茅盾：《茅盾全集》第5卷，人民文学出版社1984年版，第299页。

还是《色戒》实施“美人计”去暗杀大汉奸却在最后关头改变初衷的情节逆转，以及张恨水在《啼笑因缘》中写军阀刘将军“横插一杠”，强抢沈凤喜的叙事的“突转”模式，都是为了人物性格塑造或情节发展的需要，而捎带人生“偶然”的表现。

沈从文叙事的“突转”模式当然也有为了“奇巧”的情节考量，但绝不只是一种单纯的叙事技巧，而是沈从文人生体验和生命思考的丰富呈现。可以说，对沈从文而言，“突转”本身就是一种生命形式，“突转”的叙事模式就是生命价值和意义的证词，这也许就是沈从文小说叙事有别于其他作家的个性和魅力所在。在这一点上，沈从文的小说“突转”与鲁迅的小说“突转”有异曲同工之妙。鲁迅的小说，如《故乡》《祝福》《在酒楼上》《孤独者》《孔乙己》等，都有一个“或是情节上人物的死亡，或是情感、心理上的绝望”的“结构顶点”（突转）。更进一步的是，鲁迅的小说在结构或情节的“突转”之后，“又反弹出死后之生，绝望后的挑战，然后戛然而止”。它体现的不只是纯粹的结构技巧，“更是内蕴着反抗绝望的鲁迅哲学和他的生命体验的”[①]。

① 钱理群、温儒敏、吴福辉：《中国现代文学三十年》（修订本），北京大学出版社 1998 年版，第 39 页。

第二章

乡土叙事：沈从文、汪曾祺的叙事比较

在20世纪中国小说史上，沈从文和汪曾祺构成了一道独特的景观，他们以其迥异于人的创作为中国现当代文学的艺术殿堂筑建了一座另类的“希腊小庙”。汪曾祺是沈从文的得意弟子，当时沈从文向文艺界介绍汪曾祺，有一句话流传为佳话：“他写的比我好。”[①] 汪曾祺对沈从文也始终执弟子之礼甚恭。在晚年，他或衡文，或记行状，写出了《沈从文和他的〈边城〉》《沈从文的寂寞——浅谈他的散文》《沈从文先生在西南联大》《一个爱国的作家》《星斗其文，赤子其人》《沈从文转业之谜》《梦见沈从文先生》《与友人谈沈从文》《又读〈边城〉》等多篇回忆文章。在文中，汪曾祺深情地写道：“我觉得沈先生是一个热情的爱国主义者，一个不老的抒情诗人……”[②] “沈先生对我这个学生是很喜欢的”[③] “他总是用一种善意的、含情的微笑，来看这个世界的一切”[④]，敬仰、怀念之情溢于言表。同时，汪曾祺是以废名、沈从文为代表的

---

① 汪曾祺：《汪曾祺全集》第1卷，北京师范大学出版社1998年版，第1页。
② 汪曾祺：《汪曾祺全集》第3卷，北京师范大学出版社1998年版，第255页。
③ 汪曾祺：《汪曾祺全集》第4卷，北京师范大学出版社1998年版，第256页。
④ 同上书，第257页。

"京派"文学的最后传人（严家炎先生编中国流派文学时，把汪曾祺算作最后一个"京派"[①]），他的创作风格极肖沈从文，在作品的人物刻画、结构安排、主题开掘及艺术手法、文化意味上深受沈从文潜移默化的影响。汪曾祺在《关于〈受戒〉》中提到："我认为，他的小说，他的小说里的人物，特别是他笔下的那些农村的少女，三三、翠翠，是推动我产生小英子这样一个形象的一种很潜在的因素。这一点，是我后来才意识到的。在写作过程中，一点也没有察觉，大概是有关系的，我是沈先生的学生。我曾问过自己：这篇小说像什么？我觉得，有点像《边城》。"[②] 其实，他的另一代表作《大淖记事》又何尝不像《边城》。

20 世纪 40 年代，沈从文在文坛上如日中天，汪曾祺也在沈从文的扶持下迅速走上文坛，发表了《复仇》《老鲁》《鸡鸭名家》《戴车匠》《异秉》等名篇。但可悲的是，1949 年后，由于政治原因，师徒二人相继陷入"失语"状态。直到 80 年代，他们才突然被"发现"，使无数人惊喜。在厌倦了走入死胡同的"为革命的艺术"的刻板、说教，目眩于"为政治的艺术"的光怪陆离之后，人们突然发现了一个令人耳目一新的艺术天地：神奇的湘西世界与和谐的运河天地。正是在此意义上，本章以沈从文、汪曾祺写乡村生活的叙事作品为切入点，试图发现二者在叙事姿态、叙事话语、叙事时间、叙事结构等方面的异同，在梳理他们关系的同时，探寻他们对于乡土文学的贡献。

第一节　叙事姿态：边缘取位

边缘取位的叙事姿态，指的是一种自觉做"边际人"，站在社

① 汪曾祺：《汪曾祺全集》第 4 卷，北京师范大学出版社 1998 年版，第 356 页。
② 汪曾祺：《汪曾祺全集》第 6 卷，北京师范大学出版社 1998 年版，第 338—339 页。

会、历史和文化的边缘位置上，反映边缘世界中的边缘人事与边缘人生的一种边缘叙事姿态。主流“是由经济、政治、历史的规律来形成的”[①]。边缘，是相对于中心、主流而言。沈从文、汪曾祺都是对社会主流持回避、观望态度，与社会中心保持距离的边缘人。楼肇明在评论沈从文的一篇作品中说道：“与鲁迅等具有整整一个历史时代文学审美时代坐标意义的文学大师不同，从文先生的作品从来也没有在现代文学史的主潮或主流中占据过席位，他被冷落被误解直到改行搞学术研究，但读者一直喜欢他的作品。与他笔下的湘西世界是中国文化的‘边缘文化’一样，沈从文的作品也一直是一种‘边缘文学’，从文先生笔下的人物，多半是‘化外之民’。”[②] 汪曾祺对主流也自觉回避，他说过：“我的作品不是，也不可能成为主流。”[③] 他们甘居“边缘”，不仅疏离主流，也趋避政治（他们二人都有意远离政治），并试图以乡村拯救都市，以边缘改造中心。

一　边缘心态

文学是主体创作的产物，一种文体或文学风格的形成与作家有着千丝万缕的“血缘”关系。沈从文、汪曾祺师徒二人这种边缘文学的成形与他们的边缘心态紧密相关。具体地说，他们的边缘心态是其出生环境、自幼所受的思想熏陶及走上社会后的人生经历三者合力的必然结果。

沈从文、汪曾祺的童年都在处于边缘状态的乡村度过。沈从文出生于1902年，汪曾祺出生于1920年，20世纪初期的中国是一个典型

---

① 王安忆：《心灵的世界——王安忆小说讲稿》，复旦大学出版社1997年版，第102页。

② 楼肇明：《社会“消炎片”和独出心裁的神话思维》，载赵园主编《沈从文名作欣赏》，中国和平出版社1993年版，第467页。

③ 汪曾祺：《汪曾祺全集》第6卷，北京师范大学出版社1998年版，第340页。

的半殖民地半封建国家，外来的资本主义价值观念、生活方式猛烈地撞击着当时的北京、上海等大都市，留下了深深的印痕，改变了众多都市人的人生信仰与行为追求。都市众生营碌于名与利的追求，生活在虚情之中。远离都市的乡村虽然也避免不了外来文化的影响，但毕竟由于它强烈的自足性与排外性，在中国的一隅尚存着一方人性的美好与天真。

沈从文童年时代的湘西处于封闭停滞的状态。地理位置上的湘西处于湘、鄂、川、黔四省的边境地区，是一个被雪峰山、巫山、云贵高原包围着的三角形地带，属于武陵山腹地。正如凌宇在《沈从文传》中所述，这是“一片犬牙交错的广漠山地，一个封闭的地理环境”，呈现的是“一派原始蛮荒的景象，仿佛是别一个国度”。[①] 同时这里也是一个汉、苗、土家等多民族聚居的地带，社会文化具有原始性和多样性的特点。它在制度文化上仍保留着政神合一的上层建筑，在婚姻制度方面，普遍实行着原始性的童养媳制度。与其相适应的精神文化也同样具有原始性，在人们精神层面上居于支配地位的是鬼神观念与信仰，乡民信奉的是“天人合一”的素朴文化观。乡下人自生自灭，其人生形式还很少受外来文化的冲击与异化（如他们没有山外人的奸诈狡猾，即使卖东西时也极便宜，出手也极大方，并随时作出半卖半送的神气。沈从文在《长河》中的橘子园主人身上重温了乡人的这种美德，《沈从文传》的作者凌宇就提到1984年，他在湘西参加湖南现代文学学会的年会，与同行上街买板栗时还亲身见证了湘西人在买卖东西上的这种古朴、木讷[②]）。沈从文从小就在这一片神奇、原始的土地上哺育长大，山民们这种素朴、单纯的人性观念

---

① 凌宇：《沈从文传》，北京十月文艺出版社2003年版，第15、16页。

② 同上书，第28页。

已深深扎根于他的内心深处，融入了他的血液之中。因此，在沈从文一生的创作中，他始终坚持“乡下人”的边缘立场：“我实在是个乡下人。说乡下人，我毫无骄傲，也不在自贬，乡下人照例有根深蒂固永远是乡巴佬的性情，爱憎和哀乐自有它独特的式样，与城市中人截然不同！他保守，顽固，爱土地，也不缺少机警却不甚懂诡诈。他对一切事照例十分认真，似乎太认真了，这认真处某一时就不免成为‘傻头傻脑’。”[①] 可以看出，沈从文不无为自己的“乡下人”身份而自豪，他一直以“乡下人”的眼光来透视大千世界的芸芸众生，终生不改也不悔。1950 年他在华北人民革命大学学习结束前所写的《总结·思想部分》中这样评价自己：“个人成分，或可属于农民型转化为小资产阶级自由职业作家。意识形态中充分反映农民型的本质，保守，顽固，为人机警而不诡诈，熟习人情而永远认真。”[②]

沈从文自述：“地方风景好，且是《楚辞》发生地点，这外在种种，一律在我童年和少年时代，用种种不同印象，浸入脑子中，影响到我个人性情人格发展，自然十分深刻。简言之，即具有充分楚人气质，接受原则易凝固，欠通脱。和政治游离及强烈乡土爱情感，即由于这种气质的反映。对人对事通可看出。”[③] 可见，沈从文一生边缘心态的形成还应与他所受屈原人格及楚文化的熏陶有重要关联。屈原一生傲视独立，孑立于天地之间，不屈从权贵，“虽九死其犹未悔”。沈从文青少年时期的行伍生涯遍历屈原遭放逐时足迹所至的沅、澧流域等广袤的湘西大地。屈原的流风余韵弥散在湘西的每一寸土地上。作为湘西之子，屈子式独立人格魅力自小就已化入了沈从文的骨髓之

① 沈从文：《沈从文全集》第 9 卷，北岳文艺出版社 2002 年版，第 3 页。

② 沈从文：《沈从文全集》第 27 卷，北岳文艺出版社 2002 年版，第 98 页。

③ 同上书，第 99 页。

中（沈从文的性格从小就桀骜不驯）。同时，以屈原为代表的楚文化也是“一种充满感性、悟性的巫鬼文化，充满着浪漫主义的因子，她很少受儒家文化的浸染，是一种自由自在的天马行空的鲜活的文化形态。这与当时的‘蛮荒’的地域特征有关”。[①] 湘楚文化的本质，决定了它在中华文化圈中的边缘地位。春秋战国时期，楚人在北方列强的眼中，就是“异类”“非我族类”；楚人的一些做法，经常被以正统自居的诸夏斥为“非礼”。长期处在边缘的湘楚文化塑造了沈从文的边缘者身份，自然而然地滋生了他的边缘心态。在其乡土文学的创作中，他总喜欢把属于湘楚文化圈的湘西文明同城市文明相对照，突出湘西文化的边缘性。而且，沈从文身上兼有苗族（他的祖母是苗族人）和土家族（他的外祖母是土家人）的血缘，而苗族和土家族等其他少数民族在中原人甚至湘西汉人眼中始终是“化外之民”，在历史上是中央王朝的讨伐对象，这种边缘民族身份更进一步强化了沈从文的边缘意识与他的边缘定位。当代寻根派作家李杭育说过：“我以为我们民族文化的精华，更多地保留在中原规范文化之外。”[②] 我想，沈从文中、晚年在心态上也是有这种边缘优势的。

汪曾祺的出生环境与自幼所受的思想教育也助成了他的边缘心态。汪曾祺在《自报家门》中说：“我的家乡是一个水乡，江苏北部一个不大的城市——高邮。在运河的旁边。”[③] 高邮是一个小县城，是一个严格意义上的“镇”，而不是真正的乡下，但按照逄增玉的观点，“‘镇’是介于城市和乡村之间的特殊空间存在，因此在汉语中，它往往与‘乡’和‘城’相关，称为‘乡镇’或‘城镇’，成为专

---

① 聂鑫森：《楚文化传统的弘扬与现代神话意识的强化》，《湖南文学》1995 年第 9 期。

② 李杭育：《理一理我们的“根”》，《作家》1985 年第 9 期。

③ 汪曾祺：《汪曾祺全集》第 4 卷，北京师范大学出版社 1998 年版，第 281 页。

有名词，即它是乡的扩大和城的缩小……”[①] 汪曾祺童年时期的高邮县城还不发达，仅是一个小城，因此，当时的高邮城更近于“乡”的概念，它应为一个扩大的“乡”。而且它毗邻着乡村，一出城就是乡村的世界。汪曾祺回忆道：“出我家所在的巷子南头，是越塘。出巷北，往东不远，就是大淖。”[②] 童年时期的汪曾祺喜欢到处游玩，“我每天沿着城东的护城河上学、回家，看柳树，看麦田，看河水”。“我的家乡高邮在京杭大运河的下面。我小时候常常到运河堤上去玩”，“我们看船”，“看打鱼”，看“修船、造船”，“我们有时到西堤去玩”[③]。汪曾祺从小就生活于一个“乡下”世界与“乡下人”的天地中，所以，他实际上也是一个“乡下人”，有着同乡下人一致的情感方式与价值理念，他看待人生的尺度是属于乡下人的。

就幼年的思想熏陶来说，汪曾祺主要受其祖父影响，受的是一种传统的儒家教育。汪曾祺的家庭是一个旧式的地主家庭，祖父是清朝末科的“拔贡”，这是略高于“秀才”的功名。祖父教他读《论语》，还教他写过初步的八股文，“‘温柔敦厚，诗之教也。’我就是在这样的诗教里长大的”。[④] 但汪曾祺同时说：“我所说的‘儒家’是曾子式的儒家，一种顺乎自然，超功利的潇洒的人生态度。”[⑤] 他欣赏的是“暮春者，春服既成，冠者五六人，童子六七人，浴乎沂，风乎舞雩，咏而归”式的生活。“曾点的超功利的率性自然的思想是生活境界的美的极至”。[⑥] 可见，汪曾祺所受的并不是正统式的儒家

① 逄增玉：《文学视野中的小城镇形象及其价值》，《中国现代、当代文学研究》2003 年第 12 期。

② 汪曾祺：《汪曾祺全集》第 5 卷，北京师范大学出版社 1998 年版，第 190 页。

③ 同上书，第 185—187 页。

④ 汪曾祺：《汪曾祺全集》第 4 卷，北京师范大学出版社 1998 年版，第 299 页。

⑤ 汪曾祺：《汪曾祺全集》第 6 卷，北京师范大学出版社 1998 年版，第 60 页。

⑥ 汪曾祺：《汪曾祺全集》第 4 卷，北京师范大学出版社 1998 年版，第 291 页。

教育。同时，汪曾祺从小就浸染于家乡里下河流域给予他的生活与人事的教育，“从我家到小学要经过一条大街，一条曲曲弯弯的巷子。我放学回家喜欢东看看，西看看，看看那些店铺、手工作坊、书店、酱园、杂货店、爆仗店、烧饼店、卖石灰麻刀的铺子、染坊……”“这些店铺、这些手工艺人使我深受感动，使我闻嗅到一种辛劳、笃实、轻甜、微苦的生活气息。这一路的印象深深印入我的记忆，我的小说有很多篇写的便是这座封闭的、退色的小城的人事。”① “我的小说有一些是写市民层的，我从小生活在一条街道上，接触的便是这些小人物。但是我并不鄙薄他们，我从他们身上发现一些美好的、善良的品行。”② 如汪曾祺在《大淖记事》中就以一种对于大地的原始生命近乎惊叹和痴迷的态度再现了家乡人一种纯净得近乎透明、粗朴得类乎犷悍的民风：人们恬淡欢乐地生存、浑朴自在地处世、百无禁忌地爱恋、沉默执着地反抗、勇毅挺拔地担当。家乡“小人物”这种“大淖式”的行为标准与处世方式已深入汪曾祺的灵魂深处，内化为他的个人气质与后来人生取舍的标准。“归有光以轻淡的文笔写平常的人物，亲切而凄婉。这和我的气质很相近”③，“我熟习这些属于市民阶层的各色人物的待人接物，言谈话语，他们身上的美德和俗气。这些不仅影响了我的为人，也影响了我的文风”。④ 因此，我们可以肯定地说，汪曾祺一生的思想基石应夯筑在乡下“小人物”式的价值观念与价值体系上，这最终导致了汪曾祺的边缘心态的形成。

同时，不可忽视的是，汪曾祺边缘心态的形成与他受苏北文化的濡染也不可分割。汪曾祺出生于里下河流域，而苏北里下河流域

① 汪曾祺：《汪曾祺全集》第4卷，北京师范大学出版社1998年版，第285页。

② 同上书，第299页。

③ 同上书，第285页。

④ 汪曾祺：《汪曾祺全集》第6卷，北京师范大学出版社1998年版，第96页。

的文化归属于吴文化圈。吴文化源于史载之“太伯奔吴”，由这位政治失败而奔徙吴地的周王后裔开始，吴地政权在两千多年间的政治角逐中“屡奋屡挫，饱受失败之屈辱”。虞友谦先生在《吴文化传统之政治解读》一文中认为，正是缘于这种长期形成的政治弱势，吴文化心态遂产生疏离、逃避政治的倾向，或自处于政治边缘地位，或将政治追求深埋于潜意识中。这种漫长的政治弱势历史同时规约着吴地吴人的生活方式、思想观念、思维模式及审美情趣偏于世俗，积淀为“阴柔”[①]。因此，吴文化有别于正统的中原（周）文化，在某种意义上可以说它是一种边缘文化。而且，由吴文化导致的吴风在苏南、苏北有区别。苏南富庶繁丽，它代表“正宗”的吴风；而苏北则贫瘠尚朴，苏北风情虽在大体上归属于吴文化圈，却颇有它的独特之处：苏南文化受周（中原）文化影响较多，较为正统守法；苏北文化则深受楚文化濡染，特具浪漫越轨的“酒神精神”，它很有些“野”。而汪曾祺正出生于属于苏北文化圈的里下河流域，对此，张家恕曾有过评价：“里下河风谣曲是一种民间立场、民间视角的旋律，而这正是苏北地域文化精髓。”[②] 那么，对汪曾祺来说，作为“里下河的儿子”，真正深入骨髓影响他的正是这种有别于“正宗”吴风的有些“野”的苏北文化风情。它浸透他的灵魂，奠定汪曾祺的行文品格。

最后，我们还不得不特别提一下沈从文、汪曾祺在走出湘西、苏北后的人生经历对他们边缘心态的巩固与加强所起到的作用。汪曾祺是在沈从文的扶持和影响下走上文坛的，但他在20世纪三四十年代发表的作品不多，还是一个“文坛小兵”的边缘人角色。新中国成

① 虞友谦：《吴文化传统之政治解读》，《东南文化》2001年第7期。

② 张家恕：《从汪曾祺的创作看地域文化影响的不变与变》，《云梦学刊》1992年第2期。

立前夕的1949年他短暂地参加过人民解放军的南下工作队，并辗转在武汉、北京工作过，一度热情很高，但所做的大多是文教及艺术考古类的边缘工作。20世纪50年代末汪曾祺被划为右派，在政治、文化界都靠边站。虽然在80年代，他的文坛地位迅速上升，但作为一个一直居于文学边缘的“京派文学”的最后一个传人，他的观念、思想始终与当时的主流格格不入。这一切都导致了他边缘心态的强化与固化，并在他八九十年代的创作中反映出来。

沈从文在走出湘西后的人生经历更复杂些，这段人生经历使他的边缘心态最后定型并得到强化、深化与复杂化。1922年夏，年仅20岁的沈从文结束了在家乡土著军队中懵懵懂懂的整五年的行伍生涯，怀着一个朦胧而又坚定的信念出现在北京车站。在经过了两年饱受饥寒痛苦的学习练笔及无数次的写稿、退稿之后，他的处女作《一封未曾付邮的信》终于以“休芸芸”为笔名发表在1924年12月的《晨报副刊》上。这篇作品在沈从文的整个创作中没有什么地位，但它的发表却极大地鼓舞了他的创作信心。之后，他一发不可收拾，在1924—1927年的创作初期就发表了157篇作品（据金介甫的沈从文著作年表统计得出），并在林宰平（北大教授，以“唯刚”为笔名在1925年5月3日的《晨报副刊》上发表《大学与学生》，文中对沈从文的作品《遥夜》进行了褒奖，并鼓励沈从文继续创作。之后，沈从文与林宰平一直保持着友谊，沈从文在后来的很多场合都提到林宰平对他的影响）、徐志摩（徐志摩发表《志摩的欣赏》对沈从文1928年的一篇作品《市集》极尽褒扬）、胡适（1929年8月，经徐志摩介绍，胡适聘小学都没毕业的沈从文为吴淞中国公学讲师，讲授“小说习作”“新文学观”等课）、杨振声（1933年8月，杨振声邀请沈从文参加全国中小学教材的编选工作）等的扶持下，迅速在文坛上站稳脚跟。沈从文在创作上可谓一帆风顺，并屡有斩获。然而，在现实的生活层面中，作为一个土生土长的乡下人，沈从文却与当时的都市生活激烈冲突。而且，在精神层面上，他处处感受到都市施加予他的压迫：报考大学严重挫败、同乡显贵冷漠轻蔑（《第二个狒狒》）、公寓茶房极端势利（《一封未曾付邮的信》《公寓中》等）、公园里或公车上窈窕女郎高傲冷艳（《老实人》等）、都市男女以貌取人（《一个晚会》），更有甚者是他所着意叩访的文学界门户林立、等级森严（当时的《晨报副刊》主编孙伏园曾当众将他的书稿丢入纸篓）……这一切都在沈从文这个对都市感到极端陌生的“丑小鸭”面前时时刻刻显露出城市这个庞然大物的威严、高傲、冷漠乃至阴森恐怖、冷酷无情。沈从文在都市生活中处处碰壁，而这恰恰唤醒与进一步强化了早已潜伏在他身上的“边缘”意识。从小铸就了倔强刚健灵魂的沈从文在强大现实面前决不会轻易认输。这时，“乡下人”的生活经历与“乡下人”的身份拯救了他。他在这一时期的大量乡土创作中再现了“乡村人”情感的素朴，观念的单纯与环境的牧歌性，通过提纯一个充满着诗情画意的“乡村”世界来对抗城市生活的虚伪与庸俗，以乡村对抗城市，以边缘对抗中心，从而以“文本化的城市复仇”（范家进语）来取得心理上的平衡。这一次，沈从文胜利了，虽然是通过对当前现实的暂时疏离与忘却而取得的“幻象”成功，但沈从文却于此中找到了自己在都市中安身立命的精神家园——边缘的乡村世界与乡村人事。

到了20世纪三四十年代，沈从文的创作日臻佳境，在文坛的地位越来越高（鲁迅于1933年与斯诺谈及这个时期的新文学代表作家时，曾赞赏沈从文是当时“所出现的最好作家”之一；姚雪垠在《学习追求五十年》中说：“在北京的年轻一代的‘京派’代表是沈从文同志，他在当时地位之高，今日的读者知道的很少……所以他能够成为当时北平文坛的重镇”[①]），但即使是此时的他也仍悬挂在“边缘”上。在文坛中，他至多只能是一个“土绅士”（王晓明语），他赖以成名的乡土创作受到当时“革命文学”和“抗战文学”的质疑与排斥（沈从文一直处于文坛边缘的深层原因有两点：一方面，他有苗族血缘，来自湘西偏僻封闭的苗区，对封建文化并无深刻的感受，故不持有汉族主流知识分子的反传统立场，另一方面，他又缺少深厚的启蒙思想资源）。在政治上，他自居边缘，不依附任何一方，且对政治深刻怀疑。沈从文的边缘心态在此一时期继续得到延续，并趋向复杂化和深化。这时的沈从文徘徊在都市与乡村的边缘，他的心境是典型的夹在湘西与都市之间的边缘心境。一方面，1934 年和 1936 年的两次回乡，使沈从文明显地感觉到了湘西的被异化与落后性、野蛮性的一面。同时，随着视野的开阔和对中国现状思考的深入，沈从文站在湘西的边缘，产生了湘西民族乃至中华民族该向哪里去的困惑，这使他跳出了早期局限于个人爱憎的小天地，开始理性地思考文学对国家民族未来的责任承担，更加关注社会的走向和民族的前途。所以，沈从文开始正视以都市为代表的现代文化的先进性，且与京派同仁对文化关怀的专注相比，也有了较大距离。

但是，另一方面，他又没有倒向主流文学对社会现代性的追求中去，依然保持着一直以来的浪漫主义色彩。也就是说，他并没有接受以引入西方现代文明来改造民族的思想，却希望以自己早期倾心的湘西世界的生命活力做药剂来挽救中华民族。就是说，沈从文此时正处于对都市与乡村“亦是亦不是”“时在时不在”的十字路口与边缘状态。由此，我们可以判定，如果说 20 世纪 20 年代初沈从文的边缘心

① 姚雪垠：《学习追求五十年（一）》，《新文学史料》1980 年第 3 期。

态由潜隐上浮到地表是迫于无奈或出于生存的压力，那么20世纪30—40年代他的边缘意识则已出自于他内在的生命体验，并化为与他心灵相通的一种生命意识和生命哲学及自觉的文体选择。

二　边缘视角

在边缘心态的驱使下，沈从文、汪曾祺的乡土创作采用自觉的边缘视角，他们都以其边缘人的边缘眼光彰显了各自的创作个性。沈从文20世纪20—40年代的创作采取与五四主流文学疏离的姿态，并与当时时代语境下的“抗战”话语和“革命”话语自觉划清界限，专心营构自己“乡土性”的文学天地。汪曾祺是位跨越现当代有自己独特风格的作家，他的小说尤其是新时期的小说，在叙事角度和所表现的精神内核因迥异于当时的时代语境而获得众多关注，对当代文坛的发展产生了深远的影响。对沈从文和汪曾祺来说，他们文学上所持的这种边缘视角首先体现在他们都秉持以“乡下人”的尺度来构思与创作。

“乡下人”的尺度是什么？它是以一个乡下人的爱憎为基准的，对乡村人事的取舍，它爱的是“人类智慧与美丽”“康健诚实”，憎的是“愚蠢自私”。对沈从文来说，作为边缘心态的明确表征，“乡下人”的尺度是他始终坚持的，“我是个乡下人，走向任何一处照例都带了一把尺，一把秤，和普遍社会权量不合。一切临近我命运中的事事物物，我有我自己的尺寸和分量，来证实生命的价值和意义。我用不着你们名叫‘社会’为制定的那个东西。我讨厌一般标准，尤其是伪‘思想家’为扭曲压扁人性而定下的庸俗乡愿标准”。[①] 沈从文以乡下人的价值观念和价值体系来观照与审视都市文化与中华民

① 沈从文：《沈从文全集》第12卷，北岳文艺出版社2002年版，第94页。

族。他经常在生活和文本中将乡村和都市对照，两相乘除，认为总体上乡村人优于城里人，乡村文明优于城市文明。正是从这一尺度出发，沈从文主张以乡下人雄强、自在而富于人性的生命形态做药引来拯救衰老的中华民族。正如当时的论者所指出的，他是“想借文字的力量，把野蛮人的血液注射到老态龙钟颓废腐败的中华民族身体里去使他兴奋起来；年青起来，好在廿世纪舞台上与别个民族争生存权利”。[①]

汪曾祺没有沈从文式的宏伟文学改造理想，在他的文本世界里，“乡下人”的尺度被他转换为从乡村“小人物”的视角来透视社会、人生。当然，作为汪曾祺的老师，沈从文在这点上表现更为出色，此处不用赘述。汪曾祺爱家乡人，他爱各种善良真实的人，“我的小说所写的都是一些小人物、‘小儿女’，我对他们充满了温爱，充满了同情”[②]。他从审美的角度来看家乡人，看家乡人乡风的淳朴与人性的美好，他说：“我是个只会写‘小桥流水’的人。”[③] 如他写《受戒》之前，就曾激动地对自己说，一定要把它写得很美，很健康，很有诗意。写完后也一直强调说自己写的是美，是健康的人性。结果《受戒》成了个“小和尚和村姑恋爱的故事”[④]。汪曾祺不写重大题材，没有写性格复杂的英雄人物，也没有写强烈的、富于戏剧性的矛盾冲突，他笔下的人物缺乏宏伟的时代潮流，自觉采取一种偏离主流的叙事姿态。与新时期流行话语下注重挖掘人物在宏大时代背景下的生存状态与思想状态相比，汪曾祺更为注重展示人物自身生存的平凡

① 苏雪林：《沈从文论》，《文学》第3卷第3期，1934年9月。

② 汪曾祺：《汪曾祺全集》第6卷，北京师范大学出版社1998年版，第495页。

③ 汪曾祺：《汪曾祺全集》第3卷，北京师范大学出版社1998年版，第335页。

④ 汪朗、汪明、汪朝：《老头儿汪曾祺——我们眼中的父亲》，中国人民大学出版社2000年版，第163页。

与自适处。

沈从文、汪曾祺乡土叙事的边缘视角还体现在他们的乡土创作都选择采取边缘心态下的远视角。他们乡土叙事的远视角具有双重含义。其一，他们将自己的文学选择定位于时代大潮之外，其观察角度与叙事视角与当时的主流话语叙事采用的视角自动拉开距离，具有远视性与边缘性。其二，沈从文、汪曾祺从事创作时都身居于大都市，地域上的隔离使得二人都能以乡村远离者的身份和眼光来打量和考究乡村及记忆中的儿时乡村人事。沈从文说过："一切作品都需要个性，都必需浸透作者人格和感情，想达到这个目的，写作时要独断，要彻底地独断！（文学在这时代虽不免被当作商品之一种，便是商品，也有精粗，且即在同一物品上，制作者还可匠心独运，不落窠臼，社会上流行的风格，流行的款式，尽可置之不问。）先生，不瞒你说，我就在这样态度下写作了十年……我只觉得我至少还应当保留这种孤立态度十年……"① 汪曾祺也说过："我的作品不是，也不可能是中国当代文学的主流……'主流'是什么？我说不清楚，也不想说。我只是想：我悄悄地写，读者悄悄地看，就完了。我不想把自己搞得很响亮。这是真话。"② "我的小说在中国当代文学中可以视为'别裁伪体'。我年轻时有意'领异标新'。中年时曾说过：'凡是别人那样写过的，我就绝不再那样写。'"③ 在这点上，汪曾祺20世纪80年代创作的小说对它进行了充分的表现。80年代初期，"伤痕文学""反思文学""改革文学"与时代紧密相连，追求"感伤叙事"或"宏大叙事"，汪曾祺却开辟民间这块净土。当多数作家还在沿袭十七年的观念，注重"写什么"

---

① 沈从文：《沈从文全集》第9卷，北岳文艺出版社2002年版，第2页。

② 汪曾祺：《汪曾祺全集》第4卷，北京师范大学出版社1998年版，第206页。

③ 同上书，第205页。

而不注重“怎么写”时，他却强调小说语言的本体意义，恢复和光大了以废名、沈从文为传统的“京派小说”，以抒情的笔调、充满诗意的语言和独特的边缘视角来体察传统和文化。当以王蒙为代表的作家用意识流、象征主义等西方的文学技巧试图表现现代人复杂多元的内心时，他却将人物“纯化”，塑造一系列极“扁平”又极美善的人。可见，沈、汪的文本言说是自觉与当时的主流创作保持距离，是一种有意为之的文体策略与文体选择。

乡土叙事远视角的第二重含义对沈从文、汪曾祺的创作来说，在于他们还善于以“回忆”视角来对乡村进行叙述与诉说。沈从文在《一个人的自白》中说：“另一面又有个多式多方田野自然的背景，和另外生息于其间的那一群，尽管生活极端平凡、简陋，本性实在极端善良的兵士和人民，他们的小小得失哀乐，唯其与我已经离开，反而能更加深刻认识。”① 居住在远离乡村的大都市，再反过来观照与审视忆往中的乡村生活，使沈从文在作品中的乡土情感“混合了真实和幻念，而把现实生活痛苦印象一部分加以掩饰，使之保留童话的美和静……”② 因此，沈从文在其大量的湘西小说中显示了一种和谐、自然的人生形式：原始渔猎劳动（《夜渔》《雪》等），自然人的生存哀乐（《阿黑小史》《边城》等），神鬼文化系统和对自然神的信仰（《凤子》《哨兵》等），原始恋爱与婚俗（《雨后》《采蕨》等）。这使得久困城里的都市人读到这类作品时，不得不对湘西与湘西生活产生神往与欣羡，从而实现沈从文特殊的补偿与替换心理。在沈从文以湘西为题材的小说中，还有相当多的带有自传性质的第一人称回忆性小说。按法国著名叙事学家热拉尔·热奈特的观点和北京大

① 沈从文：《沈从文全集》第 27 卷，北岳文艺出版社 2002 年版，第 14 页。

② 同上。

学申丹教授的阐述，在第一人称回顾性叙述中（无论“我”是主人公还是旁观者），通常有两种眼光在交替作用，从而形成它特有的双重视角。一为叙述者“我”追忆往事的眼光，形成叙事自我视角，另一为被追忆的“我”正在经历事件时的眼光，形成经验自我视角。叙事自我视角是叙述者“我”在现时（一般是成年后）对往事的回忆所运用的视角，它是一种更远的远视角。在沈从文的自传性回忆小说中，叙述者或以经验自我视角为主（《玫瑰与九妹》《我的教育》等），或以经验自我视角再加上叙述自我视角（《船上岸上》《在私塾》《说故事人的故事》等）。回忆视角本身就是一种远视角，在回忆性文本中再大量采用叙述自我视角这种更远的远视角，就使得沈从文能跳出当时情境的限制，把时空距离兑换为足够的审美心理距离，以一个过来者的眼光更客观、更理性地来重新审视忆往中的生活。如《船上岸上》开头的叙述自我视角的运用使得叙述者能更好地控诉都市对一个无辜乡下青年（叔远）的身心摧残。《说故事人的故事》的开头和结尾都运用了叙述自我视角，使得乡下人（弁目）对爱情追求的执着、粗野与都市人的爱情观及生活方式形成鲜明对比，由此凸显了叙事者对乡村生命形态的肯定与向往。

汪曾祺善于在文本创作中坚持使用“儿童视角”来观照回忆中（1949 年前）的世界，抒写自己少年时代故乡的人事和风俗习惯。汪曾祺的小说创作主要集中在 20 世纪 80 年代，当时的小说习惯运用“成人视角”，近距离叙事，而他却反其道而行之，以“儿童视角”为叙述策略，形成他小说特有的边缘品性与美学价值。按照海德格尔的理解，回忆乃是告别颠倒、淆乱的尘嚣，回到敞开者的最宽广之域。[①] 儿童象征着人类生存的本初状态，汪曾祺小说通过“儿童视

① ［德］海德格尔：《林中路》，孙周兴译，上海译文出版社 2008 年版，第 279 页。

角”的“回忆”，来表达“乡下性情”与“儿童时代”的“真”。童年式回忆赋予小说“诗化”功能，建造起小说的精神圣殿，表达了作者对美好人性和生活的向往。如《受戒》通过小和尚明海和小村姑英子的眼光来叙事，《大淖记事》从小锡匠十一子与巧云的视角着眼来展开情节，《故里三陈》《故里杂记》以隐含叙事者“小时候的我”为叙述视角来演绎乡村生活，它们都表现了汪曾祺忆往中的故乡人对爱情的忠贞、人与人之间的相互关爱及人性的淳朴与民风的古朴。汪曾祺的回忆追溯自无瑕的童年，充溢着平和快乐。他曾说过：“但我以为小说是回忆。必须把热腾腾的生活熟悉得像童年往事一样，生活和作者的感情都经过反复沉淀，除净火气，特别是除净感伤主义，这样才能形成小说。”① 他的小说之所以萦绕着平和快乐的氛围，不仅仅是因为带有梦幻乌托邦的童年回忆，更是因为作者的童年正是在乡村这个处于边缘状态的“民间”度过的。中华民族的勃勃生机在处于“中心”的都市里已丢失，但依然蕴含在中国民间的广阔天地中。汪曾祺以“童年视角”将民间提纯，正暗含着对都市拯救的动机与愿望。

第二节　叙事话语：关注乡村

沈从文出生于湘西偏僻的镇筸小城，自少年起就在湘西大地上各处飘荡，对乡村生活与乡人命运了熟于胸。在进入文坛后，乡村不仅是他的一种自觉的话语选择与话语策略，更是他在都市中安身立命的一个精神家园。湘西下层人们的生活状态、精神面貌及未来出路等问题一直是沈从文的思考兴奋点与创作基点。据统计，在沈从文一生发表的作品中，

① 汪曾祺：《汪曾祺全集》第3卷，北京师范大学出版社1998年版，第461页。

关于乡村及乡民的创作就占了他创作总数的60%（城市和其他题材约占40%）。[①] 汪曾祺出生于江南水乡一个叫高邮的镇子上，自小就浸染于水乡人们的日常起居、琐屑人事中。因此，他的绝大多数创作都是乡下小人物的命运演绎。汪曾祺自己在一篇散文中说过："从我家到小学要经过一条大街，一条曲曲弯弯的巷子。……这一路的印象深深注入到我的记忆，我的小说有很多篇写的便是这座封闭的、退色的小城的人事。"[②] 可见，沈从文、汪曾祺始终关注着的是自己生活过和记忆中的乡村，在他们的笔下，不仅写出了湘西、苏北两地乡村不同的情俗风貌，而且也凸显了乡下人迥异于城里人的生活质地与人生取舍。

1922—1933 年间，在这近 12 年的时间里，沈从文一直沉睡于自己心造湘西的美好幻影里，久久不愿醒来。随手翻看沈从文此一时期的任一作品，一股浓郁、清新而浪漫的气息就会迎鼻扑来，使人如沐春风。湘西记忆中的一切，在沈从文的笔下都得到了诗意的呈现，显得那么美好而动人：那里的风景美丽如画，奇山异水，晓雾落霞都充盈着灵性和神性；那里的人们雄强素朴，男人有着"豹子"般的勇猛多情，女人有着"媚金"般的温柔美丽；那里的风俗古朴原始，青年男女可随意恋爱野合，人们的日常交往诚实无欺……忆往中的湘西在沈从文眼中有如梦幻般美丽，湘西简直是一个世外桃源，"我们读到这类作品，好像在沙漠炎日中跋涉数百里长途之后，忽然走进一片阴森蓊郁的树林。放下肩头重担，拭去脸上热汗，在如茵软草上躺了下来。顷刻之间，那爽肌的空翠，沁心的凉风，使你四体松懈百忧消散，像喝了美酒一般，不由得沉沉入梦"。[③] 然而，现实中的湘西

① 韩作群：《沈从文论——中国现代文化的反思》，天津人民出版社 1994 年版，第 14 页。
② 汪曾祺：《汪曾祺全集》第 4 卷，北京师范大学出版社 1998 年版，第 285 页。
③ 苏雪林：《沈从文论》，《文学》第 3 卷第 3 期，1934 年 9 月。

果真如许美丽而令人动心吗？非也。打开任意一本湘西近现代史书，就可看到20世纪初期的湘西被匪患、贫穷及土著军队间的无休止争斗所包围，那里社会动乱，人们生活困苦。沈从文参加过湘西土著军队，亲身经历过湘西的野蛮、落后。但他为何还非要在文本中呈现出一个清纯明丽、恬静温柔的湘西世界呢？这得跟沈从文当时在都市的处境及他特有的审美心态、审美个性联系起来。

前面已分析过，沈从文此时在都市立足未稳，他处处感受到都市对他的压迫与精神摧残，因此他要以梦幻湘西来对抗现实都市以取得精神上的优势。而哺育沈从文的楚巫文化又正好赋予他这种富于幻想的能力和气质。楚巫文化是一种有着丰富、充沛想象力的幻想型文化，沈从文“因为生长在湘西的沅水流域，他的天性中本就包含着楚人热烈奔放，富于幻想的成分”。[①] 因此，编织梦幻般美丽的湘西童话对沈从文来说可谓得心应手，游刃有余。同时，沈从文倾向于审“美”，不忍审“丑”的审美心态与审美个性也促使他本能地选择了乡土梦幻叙事。他说过：“不论是故事还是人生，一切都应当美一些！丑的东西虽不是罪恶，总不能令人愉快”，“可是人生应当还有个较理想的标准，至少容许在文学和艺术上创造那个标准。因为不管别的如何，美丽当永远是善的一种形式”[②]。这二者的合力使他在早期的湘西创作里，用他那梦幻般的话语塑造了一个山高水长、万物和谐、人人毫无心机的乌托邦式乡村田园世界，在喧嚣的都市旁边以如椽之笔奏响了一支如梦如诗、如泣如诉的乡间幽静小夜曲。

如果说早期的沈从文沉醉于湘西美丽乡间的酣梦里不愿醒，也不

---

① 王晓明：《“乡下人”的文体与“土绅士”的理想——论沈从文的小说文体》，载三晓明主编《20世纪中国文学史论》第2卷，东方出版中心1997年版，第366页。

② 沈从文：《沈从文全集》第12卷，北岳文艺出版社2002年版，第107页。

想醒，执意于诗性地再现湘西人的生存状态、生命形态的话，那么，到了1934年，他的湘西之梦就开始了初醒，他脑海中的清纯湘西幻象已开始飘摇。为什么将1934年作为一个醒目的时间刻度标示出来呢？这是因为1934年是对沈从文有特别意义的一年，也是他乡土创作开始转向的一年（我认为，如果把沈从文的创作分为前、后两期的话，就以1934年为界；如果要分为前、中、后三期，则以1922—1934年可为前期，1934—1937年可为中期，1937年之后可为后期）。1933年8月，沈从文应杨振声之邀参加中小学教材编选委员会的工作。9月，与恋爱了四年之久的张兆和结婚，赁居于北京西城达子营。同月，应邀主编《大公报·文艺副刊》。10月，发表评论《文学者的态度》，挑起“京派”“海派”之争。1934年元旦，中篇小说《边城》开始在《国闻周报》上连载。同年8月，《水星》创刊，与巴金、卞之琳等共同主编。到了1934年，沈从文可谓幸福美满，事业一帆风顺，他已有能力和身份主动挑起文坛论争，已理所当然地成为京派中坚。生活的安定、舒适，社会地位的急剧上升，使沈从文不再是一个城市中的“丑小鸭”，而俨然一个地道的“土绅士”。他自己就说：“我要的，已经得到了。名誉，金钱和爱情，全都到了我身边。我从社会和别人证实了存在的意义。”[①] 这时的沈从文再也用不着进行所谓的“文本化复仇”，他能以更理性的目光来重新审视记忆中的湘西。同时，1934年初，沈从文第一次回到了阔别12年的故乡。魂牵梦系的故乡就在眼前，但他却并未感到丝毫的幸福，一路上的所见所闻使沈从文心里沉甸甸的。一踏上湘西土地，沈从文就感到政治高压在笼罩着整个沅水流域，他本人此次在家乡就被疑心为共产党。而且，苛税和鸦片正压迫和腐蚀着湘西人的肉体和灵魂，“最明

① 沈从文：《沈从文全集》第12卷，北岳文艺出版社2002年版，第110页。

显的事，即农村社会所保有那点正直素朴人性美，几几乎快要消失无余，代替而来的却是近二十年实际社会培养成功的一种唯实唯利庸俗人生观。……然而做人时的义利取舍是非辨别也随同泯灭了"[①]，"这全不是十年来自己想像和回忆中的湘西！……这次返乡，一人沅水，眼前的景象立即将自己从想像同回忆中拉回现实"。[②] 因此，一方面，生活和地位的提高使沈从文在内心深处不再寻求以经过自己情感过滤的梦幻湘西大地为精神上的慰藉园地。另一方面，真实湘西活生生的社会现实又无情地击碎了沈从文苦心孤诣经营起的湘西"桃源梦"。这内在和外在的双重动力驱使着沈从文的乡土创作在1934年开始了转向，它就以这一次返乡为转向的时间标志。创作于1933年冬至1934年春的《边城》正好跨越了此次还乡的前后，为了保持构思的完整性与连贯性，沈从文在返京后的《边城》后续创作延续了前期的梦幻笔法。《边城》可谓是他全心全意诗意呈现湘西的巅峰之作与最后文本。在"边城"中，一切都显得那么美好。人人都靠自身的劳动生活，与人为善，待人以诚；"边城"人有贫有富，却不因贫富分等级。"边城"人唯情尚神，对爱情忠贞不移……《边城》整个构设的就是一个近乎原态的乌托邦式"桃源梦"，即使"梦"中弥散着一丝忧郁，也是为了给人生提供某种精神启悟，让读者从中去感悟到人生的某些真谛。汪曾祺认为《边城》是"二十'开'淡设色册页"，是"抒情诗"，是"现代中国难得一见的牧歌"[③]。刘西渭称《边城》是"一部 idyllical 杰作""一颗千古不磨的珠玉"，"《边城》是一首诗，是二老唱给翠翠的情歌"[④]。其实，《边城》还是一个很有

① 沈从文：《沈从文全集》第10卷，北岳文艺出版社2002年版，第3页。
② 凌宇：《沈从文传》，北京十月文艺出版社2003年版，第254页。
③ 汪曾祺：《汪曾祺全集》第6卷，北京师范大学出版社1998年版，第161页。
④ 刘西渭：《〈边城〉与〈八骏图〉》，《文学季刊》第2卷第3期，1935年6月。

意思的文本，它典型地体现了沈从文当时在第一次返乡后对湘西现实到底是如实表现还是不如实表现的矛盾心态，这仅从《边城》的结尾就可明显看出。

《边城》的结尾就一句话："这个人也许永远不回来了，也许明天回来！"相对于《边城》近十万字的主体篇幅来说，这简简单单17个字的结尾使小说就如同正在急速奔跑中的骏马突然被勒住了缰绳，戛然而止。人们对《边城》的这个结尾历来称赞不已，可我们如果用心去分析小说文本，就会发现这个结尾与小说的整个基调其实不那么协调，它存在着裂缝。

《边城》结尾这句话中的"这个人"指的是小说中的男主人公二老傩送。"这个人也许永远不回来了，也许明天回来！"它是以叙事者的口吻说的，它是紧紧地承续着小说女主人公翠翠在爷爷死后，在杨马兵的陪伴下，在渡口静静地等待着恋人傩送归来这件事而说的。那么，傩送会不会回来呢？从这个结尾可明显看出，叙事者提供给我们的是一个模糊、暧昧的答案，它存在着两种可能性：傩送可能不回来，也可能回来。但是，作为一个读者，只要你是将整篇小说认真地读上了两遍，你就会强烈地感觉到，从小说情节发展的整个趋势、走向来看，男主人公傩送应该回来，他没有任何理由不回来与翠翠团聚。这是因为，首先，小说中的男女主人公傩送和翠翠是确确实实彼此深爱着对方的。他们在初次相识的第一个端午节就一见钟情。而且，双方都经受住了严峻的考验。傩送面对着父亲（船总顺顺）的逼婚、哥哥天保的争婚、媒人中寨人的劝婚、团总女儿以碾坊为条件的诱婚，毫不退缩，始终不渝地只爱着翠翠一人。同样，翠翠也经历了爷爷（老船夫）的劝婚、大老天保的争婚，但她始终也只将爱情之门向着傩送敞开。从以上这些可以看出，傩送和翠翠确实是喜欢对方的。因此，傩送没什么理由会舍弃翠翠，永远在外漂泊，他的归来应是题中应有之义。而且，更进一步来看，小说中并没有出现阻碍傩送、翠翠自由结合的真正反对力量。杨马兵看似是大老天保的同盟者（他是天保的保媒人），但在潜意识里，杨马兵却是翠翠的同盟者，他处处在维护着翠翠的幸福和利益。因此，才有在老船夫死后，杨马兵义不容辞地辞去在磨坊的工作来陪伴翠翠，主动充当翠翠的监护人。团总女儿和傩送参与了情爱竞争，可他们完全得不到傩送或翠翠的喜爱（团总女儿完全是被动的，她始终处于翠翠视域霸权的压迫之下，她仅有的两次出场都是通过翠翠的视角来呈现的）。所以，团总女儿和天保也构不成反对力量。表面上反对最为激烈的是傩送的父亲——船总顺顺。顺顺从利益原则出发，一心一意想凑合傩送和团总女儿的婚事。可《边城》提供给读者的是一个有着原始婚恋形态的社会，在这个小天地里，父母之命、媒妁之言完全没有强迫力量。而且顺顺还应算是比较开明的，在天保及老船夫死后，他还有意成全傩送和翠翠的婚事。因此，船总顺顺也不是真正的反对力量。要说真正的阻碍还应是来自翠翠的爷爷——老船夫。老船夫从自己女儿即翠翠母亲的爱情悲剧中看到了自由恋爱的可怕阴影。因此，他本着经验原则，对自己唯一的亲人、自己极度关爱的孙女翠翠的未来幸福非常在意，他正是从幸福的角度考虑，愿使翠翠嫁给大老天保。可也正是老船夫这阴差阳错的态度导致了一系列“误会”，使天保赌气出船被淹死，顺顺、傩送对老船夫做事的“弯弯曲曲”感到怨恨并导致傩送的出走。但老船夫在明白了翠翠的真正心事后，也是毫不犹豫地转而坚定支持翠翠嫁给傩送的。

从以上分析可以看出，小说中傩送和翠翠是彼此相爱而且没有真正的阻碍力量的，他们应该是可以有情人终成眷属的，也就是说，依情节的内在逻辑发展来结尾，傩送一定会回来，不存在不回来的可能性，《边城》的结尾应是一个乐观的结尾。沈从文的学生汪曾祺模仿《边城》所写的《大淖记事》是这样结尾的："十一子的伤会好么？会。一定会！"我想，《边城》的结尾也应是"这个人会回来么？会。一定会！"

那沈从文为什么非要把本应是乐观的结尾设置成这样一个模棱两可的结尾呢？也许我们可以首先在小说文本中找到一点蛛丝马迹。从文中我们可知道，傩送的出走主要是因哥哥天保的意外死亡造成的，而天保的死和翠翠似乎又脱不了干系。碍于亲情、伦理原则，傩送一时不能接受翠翠，只能出走。这一点可信，可即使是如此，也不存在永远不回来的可能性。而且，天保的落水死亡完全是偶然的，不要忘记，文中提到天保可是有名的水鸭子。并且，天保也完全没有突然死亡的必要，这只是沈从文的有意为之。

那么，沈从文为何不惜使小说冒着断裂的危险而一定要安排这样一个结尾呢？沈从文自己有没有察觉到这种危险呢？如果察觉到了，为什么还非要这么写呢？这就不得不与小说的写作背景和沈从文当时的写作心态联系起来。上面提到，自第一次探乡返回北京后，沈从文对湘西的现实再也乐观不起来，对湘西的未来也感到忧心、不确定。他很想在《边城》后半部分的创作中对自己的这种担忧情绪有所表现，但《边城》事先确定的整个"牧歌"式创作基调却又限制了他的这种表达欲望冲动，他不能随意去破坏这种整体情调。沈从文徘徊在痛苦之中，理智之蛇和欲望之蛇在纠缠搏杀，噬咬着他的灵魂。理智在不断地告诫他，他不能去表现这种情绪，但压不住的欲望冲动却又在时时诱惑着他一吐为快。最后，两者在沈从文的内心深处达成了妥协，于是就有了我们所看到的这样一个模棱两可、前途不明的结尾，而这恰好正是当时处于表现/不表现两难处境中的沈从文心态的表征。通过如此处理，沈从文内心的苦闷和焦虑得到了一部分释放。从沈从文的这种犹豫矛盾及对结尾煞费苦心的处理中，我们仿佛看到了一个身处煎熬及徘徊痛苦中的真实的作者身影。

这种矛盾痛苦沈从文是不会让它在自己心里持续的。果不其然，在写完《边城》后，作者随即预告在以后的创作中“我将把这个民族为历史所带走向一个不可知的命运中前进时，一些小人物在变动中的忧患，与由于营养不足所产生的‘活下去’以及‘怎样活下去’的观念和欲望，来作朴素的叙述”[①]，“这次返乡所获得的种种人生感慨，对生命的感悟，必将流注于自己的笔端，喊出这个民族长期受压抑的痛苦，并寄期待于未来。”[②] 这种宣言式的预告标志着沈从文乡土创作的自觉转向。而《湘行散记》可谓他正式转向的第一部作品。《湘行散记》的创作几乎与《边城》同步，但它的创作始于他此次返乡后。《湘行散记》是据沈从文在返家期间写的十几封通信整理而成，其表现与思考的基点已基于他此次返乡的见闻、感受与感想。因此，《湘行散记》已不再一味沉湎于清新浪漫的湘西梦幻里，而是有了对湘西历史、现状与未来的清醒认识与忧心，“我们用什么办法，就可以使这些人心中感觉一种‘惶恐’，且放弃过去对自然和平的态度，重新来一股劲儿，用划龙船的精神活下去？”[③] “把最近二十年来当地农民性格灵魂被时代大力压扁扭曲失去了原有的素朴所表现的式样，加以解剖与描绘。其实这个工作，在《湘行散记》上就试验过了。”[④] 在1937年冬至1938年，沈从文又一次踏上故乡的土地。自从

---

① 沈从文：《沈从文全集》第8卷，北岳文艺出版社2002年版，第59页。

② 凌宇：《沈从文传》，北京十月文艺出版社2003年版，第259页。

③ 沈从文：《沈从文全集》第11卷，北岳文艺出版社2002年版，第281页。

④ 沈从文：《沈从文全集》第10卷，北岳文艺出版社2002年版，第5页。

他第一次返湘后的数年间，湘西连续发生水涝旱灾，为了生存，苗民于1936年爆发了抗租的大起义。此次返乡使沈从文对湘西落后现状有了更加深入的了解，因此在《长河》《湘西》等文本中，他对湘西民族的未来出路问题更加关注，“更容易关心到这地方人将来的命运，虽生活与自然相契，若不想法改造，却将不免与自然同一命运，被另一种强悍有训练的外来者征服制驭，终于衰亡消灭”。[①]

因此，如果说，1934年沈从文第一次返乡后，他那美丽的湘西梦开始消解，到1937年他第二次返乡后，梦醒意识更完全、充分。那么，是不是可以这样说，到了20世纪40年代，沈从文已从湘西的迷梦中完全醒过来了呢？答案是唯一的：不是。其实，沈从文直到死都没能也不愿从他自己亲手编织的湘西梦幻里彻底醒过来。汪曾祺曾说过：“沈先生有时是生活在梦里的。”“沈先生四十岁以后，一直是在梦与现实之间飘游的。”[②] 他自己也说过要“我除了存心走我一条从幻想中达到人与美与爱的接触的路，……真没有别的什么了。”[③] 自1934年起，沈从文一直生活于半梦半醒之间，一直没有完全放弃用梦幻话语去诗意呈现故土湘西的任何可能的企图与努力。虽说《湘行散记》是“为了免得北京方面担心……且有意写得十分轻松愉快而有趣”[④]；《长河》是“唯恐作品和读者对面，给读者也只是一个痛苦印象，还特意加上一点牧歌的谐趣，取得人事上的调和”。[⑤] 可是，它正好也从另一侧面暴露了沈从文惯于审“美”，不愿审“丑”的审美心态与个性。同时，作为湘西赤子，沈从文对湘西大地及湘西

---

① 沈从文：《沈从文全集》第11卷，北岳文艺出版社2002年版，第376页。
② 汪曾祺：《汪曾祺全集》第6卷，北京师范大学出版社1998年版，第113页。
③ 沈从文：《沈从文全集》第3卷，北岳文艺出版社2002年版，第6页。
④ 沈从文：《沈从文全集》第16卷，北岳文艺出版社2002年版，第389页。
⑤ 沈从文：《沈从文全集》第10卷，北岳文艺出版社2002年版，第6—7页。

人民爱得极深，“为什么我的眼里常含泪水？因为我对这土地爱得深沉……”（艾青《我爱这土地》）在内心深处，沈从文不愿也不忍彻底割舍与放弃那一缕最后、最根深蒂固的梦幻情思。《湘行散记》中的风景如诗如画，使人如置世外桃源（笔者在读《湘行散记》的雏形本《湘行书简》时，觉得湘西有如刘姥姥眼中的大观园，美轮美奂，目不暇接，感觉特别强烈，也因此产生了对湘西风景的向往。笔者认为沈从文在此将湘西沅水流域写得如此之美，除前面所说到的是一种对亲人的有意遮掩及后面将提到的是一种更深层次的精神诉求等原因之外，还跟他初回故土那激动无比的心情与好奇感及他沉浸于新婚燕尔的巨大幸福之中，心情愉快也不无密切关联），《长河》中“吕家坪的人事”淳朴和谐，《湘西》中的地方风物志神奇而浪漫，即使是沈从文对湘西最为失望、暴露丑恶最为彻底的《小砦》也有着“秋生式”的人性美好（王德威称沈从文的乡土叙事为“批判的抒情”，认为他对时间、战争和历史进行了抒情化处理，对爱、暴力及死亡进行了诗意的表达[①]）。这一切不能简单地只归结于沈从文的“有意为之”，在它的背后，还潜隐着他心底至深处的精神诉求与心理欲望。我们说过，到了 1934 年，沈从文由于功成名就，已不再将“梦幻湘西”作为自己的精神庇护所，但“梦幻湘西”却是他精神皈依的永恒家园，它不会也不能被彻底舍弃，更何况他还要借湘西这种理想的人生形式，即一种“优美，健康，自然，而又不悖乎人性的人生形式”[②] 来召唤“民族品德的重造”，创造中华民族“二十世纪新的经典”[③]。因此，沈从文笔下的湘西世界始终是一首“乡土的抒

① 王德威：《批判的抒情》，《现代中国小说十讲》，复旦大学出版社 2003 年版，第 158、171 页。

② 沈从文：《沈从文全集》第 9 卷，北岳文艺出版社 2002 年版，第 5 页。

③ 沈从文：《沈从文全集》第 17 卷，北岳文艺出版社 2002 年版，第 332 页。

情诗”，它始终在他的心梦中摇曳、奏响。

汪曾祺没有沈从文那种刻骨铭心的都市受压迫体验，更没有想到要以文学来重造民族经典，他对故乡的爱也没达到沈从文那种“虽九死其犹未悔”的境地，因此，他不必以心中的幻想故乡来抗衡或拯救什么。但，汪曾祺，特别是20世纪80年代的汪曾祺，却也一直徜徉于故乡梦境与童年梦幻之中，且迟迟不愿醒来。我们如果去阅读他的苏北“大淖式”小说，总感觉有如“梦中楫轻舟”，那种“清风徐来，水波不兴”的阅读感受随时会自然滋生。“寻梦”，须“撑一支长篙”，才能“向青草更青处漫溯”。汪曾祺遨游梦海的“长篙”就是他那有如雾霭中的婀娜多姿的杨柳般的、梦幻似的诗性语言，那他这支“寻梦”的“长篙”要向哪个“更青处”漫溯呢？在这里，我们先从梦幻观上将鲁迅与汪曾祺比较一下。在中国现代的作家中，鲁迅可以说也爱“寻梦”，可他却是要打破人们和自己的“迷梦”，立志做天地间的“醒者”。而汪曾祺呢？则无疑可以说是一个“醉者”，他是在醉眼蒙胧中不由自主地进入梦境，用他那梦幻般的话语去彰显故乡的人和事。这种话语的过滤使他的高邮梦境充满了温柔蕴藉的诗意，从而“漫溯”出家乡人们的一种理想人生与美好人性。如《鸡鸭名家》中的“大淖”世界，“大淖是一片大水……这是个很动人的地方，风景人物皆有佳胜处”，“沙滩上安静极了，然而万籁有声，江流浩浩，飘忽着一种又积极又消沉的神秘的向往，一种广大而深微的呼吁，悠悠窅窅，悄怆感人”。[①] 寥寥数语，就给文本营造了一个如诗如梦的浪漫氛围。开篇再通过连续五个梦幻般的追问，“那两个老人是谁?”从而自然引入两位主人公余老五和陆长庚那悠然自得、闲适如梦的生活艺术与意境情调。在这方面堪称经典的还是

① 汪曾祺：《汪曾祺全集》第1卷，北京师范大学出版社1998年版，第81、77—78页。

汪曾祺在80年代创作的两个名篇——《大淖记事》和《受戒》。《受戒》是写作者“四十三年前的一个梦”。在这个梦里，没有一丝俗世的烟尘和俗人的心机，环境和人达到了和谐的统一。灵秀的小河、浑朴的大地、神秘的月色、幽渺的芦荡以及聪明伶俐的小英子和英俊明朗的小明子浑然天成，使人仿佛置身仙境。而《大淖记事》中作者更是努力追求一种美的意境和仙界，大淖及其周围的生活无不散发着美的光辉。那飘散在大淖之上的炊烟，那古朴纯真的生活，那自然而无拘无束的男女关系以及十一子和巧云那段动人的爱情，无一不为作品罩上了一种素朴清雅之美。汪曾祺作品中这种人事的至善至美与现实的丑陋不堪格格不入，形成鲜明对比，从而使读者意识到，所有的这一切都不可能在现实中存在，它发生在梦中，它是经过了作者的艺术处理后的诗意呈现。

那么，为什么这个做梦的人能将梦境写得如此虚幻美丽，如此令人神往，以至于自己沉醉在其中久久不愿醒来呢？首先，这应与作者的审美心态与审美个性紧密相关。汪曾祺的性格过于善良，再加上他对于美的过分珍惜，使他形成了与沈从文一样的审美心态与审美个性：惯于审“美”，不愿审“丑”。汪曾祺接受的是儒家“乐而不淫，哀而不伤”的审美观念。为此，他说过：“生活是美好的，有前途的，生活应该是快乐的，这就是我所要达到的效果”，“我要运用普通朴实的语言把生活写得很美，很健康，富于诗意”①。在这种审美心态和个性的支配与驱使下，汪曾祺在作品中总是不忍心去揭露人性的丑恶，而是尽量用温和欢快的笔调去描述他心中的高邮世界，用善和美去充实他作品中人物的心灵，这样就使他笔下的山水和人物都达到了美的极致，进而彰显了故乡那种美丽

---

① 汪曾祺：《汪曾祺全集》第3卷，北京师范大学出版社1998年版，第285页。

自然的生命形态。

其次，汪曾祺沉湎于高邮梦境世界而不愿醒还与他在 1949 年后的经历遭遇及他努力寻求重建的精神家园有关。1958 年汪曾祺被划为“右派”，随即被下放进行劳动改造，接着又迎来了“文化大革命”的暴风骤雨，虽然这两次运动对汪曾祺的冲击不是很大，但已足以使他这样一个从小一帆风顺的“小卒子”胆战心惊，他只想尽快逃离。因此，在暴风骤雨平息后，当别人都在忙着控诉、挖掘与反思这场浩劫的危害与原因时，汪曾祺却选择了逃遁。他选择以“回忆”与“做梦”的方式来与残酷而善变的现实保持距离，以便让全部身心完全沉浸到自己用梦幻话语编织的温馨故乡和幸福幻境中，从而使自己的精神在失去的画室和巷间间求得一份轻松、安宁与陶醉，进而重建起自己精神的伊甸园。针对这一点，摩罗曾说：“把一个人生之梦写得如此温馨虚静，如此波光摇曳，如此美轮美奂，真是非汪曾祺莫可为也。在这个梦的源头，躺着一个半睡半醒、半仙半佛的老人。”又说：“我不再期待从他笔下读到直面人生的悲剧，我把他本身读作一个悲剧。”①

但是，摩罗只说对了一半，20 世纪 80 年代的汪曾祺因为执着于将生活中美的东西告诉别人，只能采用做梦的方式，但他不会一直醉卧于梦中的，也不会让自己成为一个“悲剧”。到了 90 年代，他将笔触伸向了人性的深处，以此来表达他对人生痛苦的理解和悲悯。这时洋溢在他 80 年代小说中的温馨乐观几乎完全消失了，取而代之的是一幕幕人生的悲剧。如在他 90 年代的作品中，《小芳》《护秋》《忧郁症》《露水》《辜家豆腐店的女儿》《小娘》等，都是较为完整的悲剧，这些悲剧都以人物命运为观照对象。他或写好人等不到好报

① 摩罗：《末世的温馨——汪曾祺创作论》，《当代作家评论》1996 年第 5 期。

（如《小芳》），或写生命的夭折（如《忧郁症》《辜家豆腐店的女儿》），或写人性的麻木（如《护秋》）。落笔都在悲剧本身，而无意给生活添加虚幻的景色。此时，他已承认“生活的样子，就是作品的样子”，“修辞立其诚，对读者要诚恳一些，尽可能地写得老实一些”。至此，汪曾祺终于懂得了悲剧不会因纯净天堂的营构而自动消散，它始终伴随人们日常生活的左右。所以，90 年代的汪曾祺总算把他紧闭的双目微微睁开了一些，尽管他还没有从梦中醒来，但毕竟迈出了第一步。

从酣睡梦中不愿醒到梦醒后的半睡半醒，沈从文和汪曾祺都以“梦”的形式回到了自己精神上的梦幻乡土和诗意童年。在这里，梦幻话语凸显下的透着闲适生存状态与理想生命形式的“乡土幻城”，不仅是作者们的诗意安居静所，而且也是读者拂拭心灵明镜，感悟真善美的修身宝所。

另外，对沈从文来说，其梦幻情结不仅表现在他内在精神的诉求上，而且外现于他在具体文本中对梦幻描写的自觉表现与言说衷情上。在中国文学史上，写梦是早已有之，大概从六朝志怪就开始了，“临川四梦”“南柯一梦”“贾宝玉神游太虚幻境”都是很好的梦幻叙事。现代小说中，茅盾的长短篇小说也有着多姿多彩的梦境再现。沈从文传承了中国这种梦文学的传统，同时深受西方心理学说的影响，因此，他对梦象本身以及梦境的文学表现有着浓厚的兴趣。他笔下的几乎每一篇小说都有着梦境展示，几乎每一个人物都有着属于自己的梦。沈从文说过，如果“把小说看成‘用文字很恰当记录下来的人事’”，那么，“既然是人事，就容许包含了两个部分：一是社会现象，是说人与人相互之间的种种关系；一是梦的现象，便是说人的心或意识的单独种种活动”，而“单是第一部分容易成为日常报纸记事，单是第二部分又容易成为诗歌”。因此“必需把‘现实’和‘梦’两种成分相混合，用语言文字来好好装饰、剪裁，处理得极其恰当，方可望成为一个小说”。[①] 可见，沈从文对梦境描写已达到了一种自觉甚至偏爱有加的程度，他通过梦境描写来揭示人物的心理活动，烛照人物的性格特征及折射现实人生的千姿百态。中国宋代朱敦儒有词《行香子》云：“心中想，梦中寻”，即“日有所思，夜有所梦”的意思。弗洛伊德认为人们的每一个梦都是“完全有意义的精神现象”，“梦是一种（受抑制的）愿望（经过改装）的达成”[②]。这是东方文学家和西方科学家对“梦通心理”这层关系的共同认知。沈从文在小说中充分挖掘了梦和心理相通的这种关系，以幻想和梦幻来表现人物心理是他小说心理描写的一大特点。在梦思的调制下，沈从文的小说不仅多了一分含蓄迂曲，更增添了一分诗意与浪漫。如《边城》通过对梦幻的摄入与表现，就使文本“充满了春秋两季的飘飘忽忽的轻云薄雾”，显得朦胧而美丽。汪曾祺说《边城》整个文本就是“一把花，一个梦”[③]，金介甫认为“小说中的女主角像翠翠，就是生活在梦想、幻想当中。这种幻想是她们希望与忧虑的混合体。如翠翠就害怕被鱼咬，害怕爷爷的死亡。这些幻想已成为沈从文笔下的乡下人内心生活的一个侧面”[④]。《边城》写梦最为动人的是第十四节对翠翠之梦的描绘，“翠翠……梦中灵魂为一种美妙歌声浮起来，仿佛轻轻的各处飘着，上了白塔，下了菜园，到了船上，又复飞窜过悬崖半腰——去做什么呢？摘虎耳草！”[⑤] 在这里，沈从文对少女翠

---

① 沈从文：《沈从文全集》第 12 卷，北岳文艺出版社 2002 年版，第 65 页。

② ［奥］弗洛伊德：《梦的解析》，赖其万等译，安徽文艺出版社 1996 年版，第 61 页。

③ 汪曾祺：《汪曾祺全集》第 6 卷，北京师范大学出版社 1998 年版，第 161 页。

④ ［美］金介甫：《沈从文传》，符家钦译，湖南文艺出版社 1992 年版，第 161 页。

⑤ 沈从文：《沈从文全集》第 8 卷，北岳文艺出版社 2002 年版，第 122 页。

翠的梦境描写完全在于表达一种诗意的情绪，它是比喻，更是象征。二老月夜里唱的缠绵歌声催动了一颗少女的心，使翠翠在梦中实现了平时不可能实现的愿望。

梦境，总是人的潜意识欲望不由自主的“告白”，它的特点在于所表现的情境、情绪的赤诚与真实，为清醒时所不可比拟。梦中有真情，梦中可见真人，梦为逼近人物真性情的最佳方式。沈从文作为一个精细的小说家，当然懂得以梦思去烛照人物的性格，他深谙“梦境编织”与“性格塑造”的个中三昧。如《萧萧》中的少女萧萧 12 岁就做了人家的童养媳，一直生活在日常家务的重压之下，但她仍然做着爬树嬉戏、吃好东西等各种有趣的梦。《三三》中的村姑三三向往城里的生活，就梦见她不愿舍弃的碾坊、鱼、鸭子、花猫都随了她流向城里。可以看出，萧萧、三三的梦都透着孩子的淘气、纯真与浪漫，与她们天真乐观的性格恰好吻合，从而达到了烛照人物性格的审美目的。

透过梦的七棱镜，沈从文还折射出了现实人生的千姿百态。如陈思和指出沈从文在《灯》中讲述了两个破碎的梦：一个是乡下人“老兵”在城里做的随“少主子”荣归故里的破碎的梦，一个是城里人“我”和“青衣女子”关于乡下原始理想的破碎的梦。[①] 通过这两个破碎的梦，从中折射出乡村素朴人生观与旧式生活理想在无情的现实面前不堪一击的真实命运。《三三》中，少女三三梦境中城里人落水的狼狈情形无疑是她在现实中所感受到的自身在城市事物面前的卑下地位的情感补偿。三三母亲则一面感受到三三同城里人双方地位的悬殊，她在城里人面前显得手足无措，并奉其为“尊贵的客人”；在另一面，她潜意识里又希望借助农村女儿来抹平两者间的距离，不时

① 陈思和：《〈灯〉欣赏》，载赵园主编《沈从文名作欣赏》，中国和平出版社 1993 年版，第 178 页。

“在心中展开这一个幻景，想起自己觉得有些近于糊涂的事情”，这些，都是现实中的无奈人生通过凝聚、具象化或移植、润饰而在人物梦中进行再现或改装，从而使人生得到烛照或人物得到满足。

总之，梦境描写也使沈从文笔下的湘西世界得到一种诗意的呈现与表达。梦思如同蚌的黏液孕育出的浑圆珍珠，水漾在田中滋生出的饱满稻穗，它使沈从文的文本富于诗情与画意，并像雾岚中的杨柳，显得迷蒙缥缈，变幻无穷。

第三节　叙事时间：时空体、时态、时间刻度

伊丽莎白·鲍温说：“时间是小说的一个重要组成部分。我认为时间同故事和人物具有同等重要的价值。凡是我所能想到的真正懂得，或者本能地懂得小说技巧的作家，很少有人不对时间因素加以戏剧性的利用的。”[①] 小说家对叙事文本机制的把握，首先就表现在对时间的有效利用上。20 世纪世界小说发展的一个重要标志就是对时间的日益深刻的感受和运用。沈从文、汪曾祺受中国叙事文学不刻意讲究时间技巧的传统的影响，其乡土叙事在叙事时间的处理与安排上，没有强求痕迹，但我们通过细读二人的乡土小说文本，还是能够梳理出其别具一格的时空感受方式与处理方式。

一　对“边城”“大淖”等时空体的破译与解读

“时空体”是由巴赫金提出来的，他说：“文学中已经艺术地把

① ［英］伊丽莎白·鲍温：《小说家的技巧》，中译文刊《世界文学》1997 年第 1 期。

握了的时间关系和空间关系的重要联系，我们称之为时空体。”[①]“时间的标志要展现在空间里，而空间则要通过时间来理解和衡量。这种不同系列的交叉和不同标志的融合，正是艺术时空体的特征所在。”[②]我们在阅读沈从文的小说时，可时常看到文本中反复出现的“边城”“湘西”等明确的小说背景。对此，汪曾祺曾说：“‘边城’不只是一个地理概念，意思不是说这是个边地的小城。这同时是一个时间概念，文化概念。”[③]其实，“边城”“湘西”及汪曾祺笔下的“庵赵庄”“大淖”等都是一个个鲜明的时空体。它们不仅仅是一个空间存在（地理空间），而且是一个时间存在，更是一个文化存在。“边城”“大淖”等既是对作者影响至深的家乡的一个个真实的地名和处所，也是作者家乡地域风俗民情的一个缩影，更是作者心魂系之的故乡文化故乡气质的一个象征。“边城”“大淖”等作为一个地理概念、时间概念、文化概念，三者之间紧密相连，密切相依，不可分割。“边城”“大淖”等地理空间存在要通过“边城”“大淖”的时间存在来理解和衡量；反过来，“边城”“大淖”的时间存在又要展现在“边城”“大淖”这个特定的空间里，要依托它而存在。它们彼此交叉和融合，从而形成巴赫金所说的一个个的“时空体”。

沈从文、汪曾祺笔下的“湘西”“边城”和“庵赵庄”“大淖”首先是一个确定的地理存在。历史上的湘西，指武陵山、雪峰山和云贵高原环绕的广大地区，是沅水中上游及其支流——酉水、武水、辰水、横水、巫水（人称“五溪”）汇聚之地。它在秦时便置为黔中郡，汉时置为武陵郡。沈从文笔下的“湘西”囊括现在的吉首、怀

① ［俄］巴赫金：《巴赫金全集》第3卷，白春仁等译，河北教育出版社1998年版，第274页。

② 同上书，第275页。

③ 汪曾祺：《汪曾祺全集》第5卷，北京师范大学出版社1998年版，第445页。

化、张家界、常德的全部或大部分地区，远比现在的一个湘西自治州（吉首）所辖的范围要广阔得多。湘西是一个苗族、土家族、白族等许多少数民族的聚居之地，民风剽悍而素朴。如沈从文代表作《边城》中的“边城”茶峒，湘西历史上就确有此镇，现隶属于湘西自治州花垣县。那儿至今仍然是苗汉混杂之地，以苗族人口占绝大多数。美国的沈从文研究专家金介甫先生还曾专门去实地考察过，那儿的人们热情而诚信。汪曾祺出生于江南水乡，他的家乡高邮紧邻京杭大运河，西有高邮湖，家乡还有一条里下河蜿蜒流过。汪曾祺小说中的人事就集中于这个真实的运河天地和里下河流域。如汪曾祺小时候，全家曾坐船前往《受戒》中的庵赵庄避过战乱，汪家还在庵赵庄（即《受戒》中的菩提庵）住过几个月，汪曾祺还亲身历证了勤劳、善良的小英子一家及明秀爽朗的小英子。《大淖记事》中的“大淖”就是高邮城北一片有水有人家的水洼子，那儿的人们每天都要到大淖去挑水。大淖这个地方离汪家不远，汪曾祺小时候“几乎天天去玩”①，对大淖熟悉、亲切。

“边城”“大淖”同时是一个时间的存在与时代的符码。它们阻断了现实时间与物理时空，形成一个相对独立与封闭自足的时空设置。“边城”“大淖”在时间维度上的象征意义主要彰显于它们作为一个文化代言体上。下面，我们重点来破译与解读“边城”“大淖”等在文化范畴上的“符码”（code）意义。

“湘西”是一个“边地”“边城”。“边”字是一个叙事情报，它包含的叙事信息（叙事学术语）不仅是指向“地理之边”，更是指向“文化之边”。“庵赵庄”“大淖”等文化符码中的符码（符号学术语）“庄”“淖”字明确地表征出它们的民间文化身份。沈从文心目

① 汪曾祺：《汪曾祺全集》第3卷，北京师范大学出版社1998年版，第284页。

中的“边城文化”以湘西苗巫少数民族文化为核心，与占主导地位的汉儒文化对立存在。汪曾祺笔间的“大淖文化”以中华民族保存在民间的美好文化传统为核心，与当时含有“精英意识”的“中心”文化对立存在。汪曾祺说得好：“‘边城’不只是一个地理概念，它表示这地方离开大都市，离开现代文明都很远。离开知识分子很远，离开当时的文学风尚也很远。”① 这席话其实也代表着汪曾祺本人的文化取向。无论是“边城文化”还是“大淖文化”，它们都是一种边缘文化，有着文化的特殊性。此文化中的民风民俗淳朴庄严，人们的处事方式坦诚率真，有浓厚的“牧歌性”。因此，“边城”“大淖”等绝非仅仅是地域的概念，更是一个具有丰富的特定文化内涵的范畴。这个世界的外在特征是封闭性、原始性或自适性，内在特征则是它的理想性。它像现代的“桃花源”，寄托着作者的社会理想。从微观上看，它脱离于时代大潮冲击圈外，是一个异样的世界；从宏观上看，它正是中国现代文化思潮“五四”以来的启蒙主义思潮或新时代以来的“寻根”思潮在文学上的表现（李陀认为汪曾祺是“寻根文学”的始作俑者，以《受戒》为标志②），它表征着作者以“边缘”拯救“主流”、以“民间”拯救“中心”的启蒙姿态或寻根立场。

另外，在沈从文、汪曾祺的小说世界里，“边城文化”“大淖文化”是与“城市文化”“主流文化”共时性相比较而存在，同时其中也有着某种原始文化、民间文化与现代文明的纵向价值比较。而且，文化形态、时间形态是寓于现实与抽象的两种空间形态之中。总之，在二人的叙事文本中，同时存在着两个空间的文化形态的价值比较，

---

① 汪曾祺：《汪曾祺全集》第 6 卷，北京师范大学出版社 1998 年版，第 157 页。

② 李陀：《汪曾祺与现代汉语写作》，《花城》1998 年第 5 期。

也包括了文明发展不同阶段间的比较。

二　永远的现在时——时态的非原生性选择

杨义在《中国叙事学》中提出了永远现在时这一概念。他指出，由于中国语言中动词的无时态性，从而使中国的文学叙事不必把动词黏滞在某一特定的时态上，形成一种永远的现在时的表达方式。语言时态表达的非原生性，使我们考察中国叙事作品和建构它的理论体系时，不能盲目地模仿西方理论家的做法。[①] 本部分以杨义的永远现在时概念为切入点，借助于他在《中国叙事学》一书中的理论叙说，不拘泥于动词层面上的非原生性，拟重点来分析沈从文、汪曾祺二人在行文中显露出的永远现在时特征。

首先，在文本大的时空背景上，两位作家的策略是不惜故意使时空模糊，从而形成一种非原生性的超时态语境。这种语境是一种模糊语境，具有明显的永远现在时症候。它既包含过去，又指征未来，维持永远的现在。沈从文几乎所有的湘西小说其时空背景都是模糊的。如《边城》开头："由四川过湖南去，靠东有一条官路。这官路将近湘西边境到了一个地方名为'茶峒'的小山城时，有一小溪，溪边有座白色小塔，塔下住了一户单独的人家。这人家只有一个老人，一个女孩子，一只黄狗。"[②] 正如众多论者指出，这是一种肖似"从前有座山，山上有座庙，庙里有两个和尚"的中国民间传说的开头。这种传说式的开头当下就给人一种天荒地老、亘古如斯的感觉。虽然由文本中提到的"团总"、由昔年绿营屯丁改编而成的"戍兵"等字眼人们可猜到故事大致发生在辛亥革命后的民国初年，但其总体的时

① 杨义：《中国叙事学》，人民出版社 1997 年版，第 178—180 页。

② 沈从文：《沈从文全集》第 8 卷，北岳文艺出版社 2002 年版，第 61 页。

代氛围还是笼罩在一片晨烟暮霭的朦胧中，使读者恍如“隔世”又若“在世”。这种有意模糊的时空策略在沈从文神话式样的小说中表现更为突出，如《七个野人与最后一个迎春节》《龙朱》《月下小景》《神巫之爱》等根本上连一个含混的时间概念也没有提供。

大时代背景的模糊也是汪曾祺构思时有意求之的。汪曾祺深谙时空模糊给文本叙事带来的方便与自适，而这正好暗合他的性情，因此他对此种策略的运用娴熟自如。如《大淖记事》起首写道：“这地方的地名很奇怪，叫做大淖。全县没有几个认得这个淖字。县境之内，也再没有别的叫做什么淖的地方。据说这是蒙古话，那么这地名大概是元朝留下的。元朝以前这地方有没有，叫做什么，就无从查考了。”[①] 它不仅连时间概念都没有，而且将背景时间延伸至远古的过去（陆建华在《汪曾祺传》中反驳“有人认为《大淖记事》的这个开头的后半部分是多余的，有不有它都无关紧要”的观点。陆文从汪曾祺对“淖”字的辛苦考察与喜爱这个角度入手分析而不认同于这种说法[②]。笔者认为从它提供了一个模糊的时空背景这个角度来看，它也是大有存在的必要的）。日月如梭，历史永恒，它凸显了一种永远“现时”的静场感。这种开头在汪曾祺的故乡小说中太多了，如“北门外有一条承志河”（《王四海的黄昏》）；“李二是地保，又是更夫”（《故里杂记》）；“全县第一个大画家是季匋民，第一个鉴赏家是叶三”（《鉴赏家》）；“这地方的地名有点怪，叫庵赵庄”（《受戒》），从它们当中都可感觉到一种时空模糊的存在。其实，汪曾祺大部分的苏北小说都有意建构这种时空模糊的背景设置。虽然汪曾祺自己曾说过他写的是“解放前”旧中国的历史与人事，但“解

① 汪曾祺：《汪曾祺全集》第1卷，北京师范大学出版社1998年版，第413页。
② 陆建华：《汪曾祺传》，江苏文艺出版社1997年版，第231页。

放前”这个时间概念也并非实指，而是概指，它本身的时间指向度就是宽泛而模糊的，它在作品中也是模糊的存在。

除了大的时代背景上的有意模糊外，在沈从文湘西小说中的主人公们（乡下人）也遍是一些缺乏时间观念的人物，他们对时间、岁月始终处于无知无觉的混沌、懵懂状态。他们航船、从军、种地、为娼、做匪，各按照自己的方式，“糊糊涂涂把一大堆日子打发过去”。对他们产生实际影响的，是节气变化，寒暑更替，时间以赤裸、本真的形式，支配着他们的生活，带给他们生老病死。湘西的小孩子是如此度日：“正月，到小校场去看迎春；三月间，去到城外放风筝；五月，看划船；六月，上山捉蛐蛐，下河洗澡；七月，烧包；八月，看月；九月，登高；十月，打陀螺；十二月，扛三牲盘子上庙敬神；平常日子，上学，买菜，请客，送丧。”[①] 在他们的时间长轴上给一个精确的刻度，标明这些事件发生在某年、某月、某日，似乎近于奢侈、毫无必要。他们不靠日历时间记录岁月的消逝，而是靠收获庄稼，靠民间节日，人的纪念日来说明季节的到来。同时，除了小孩子，对湘西年轻的姑娘们如翠翠、三三、萧萧她们来说，日子的标示同样如此。翠翠的感情成熟是靠一年一度的端阳划龙船来显示，沈从文用这个来描绘翠翠女性的觉醒。端午节划龙船人人竞争，令人想起古代的楚国，沈从文感到时间多么古怪，湘西的一切跟两千年前楚国屈原那个时期的景物几乎没有两样，“这些人根本上又似乎与历史毫无关系。从他们应付生存的方法与排泄感情的娱乐上看来，竟好像古今相同，不分彼此。这时节我所眼见的光景，或许就与两千年前屈原所见的完全一样”。[②] 时间消融生命，制造离奇，在乡下人亘古如斯

① 沈从文：《沈从文全集》第 1 卷，北岳文艺出版社 2002 年版，第 269 页。

② 沈从文：《沈从文全集》第 11 卷，北岳文艺出版社 2002 年版，第 278 页。

的时间现实感面前，历史滋生了。正如赵园的评论："沈从文的湘西诸作不强调时态，即使叙述中指明了'现时态'，这'现在'，也像一种凝固的时间，它把'过去'包含在自己之中，却拒绝接纳'未来'。历史感与现实感，融会在文化感中。叙事态度也常提示着'已然'。因而铺展在沈笔下的，是历史河道中凝固着的亘古如斯的湘西。"①

"时态的非原生性并不等于时态的随意性，而是意味着这种语言对时间形态的把握，入手之处不是时间过程的一枝一节，它往往从一枝一节中求超越，对时间的整体性进行审视，然后从时间的整体性来把握它的一枝一节。"② 沈从文、汪曾祺小说永远现在时的形成在整体上依靠其小说时空背景的模糊来实现，而在具体文本中，又要依托于他笔下主人公们恒常的时间模糊感来体现。那么，我们更进一步细致爬梳，就会发现在文本具体时间的技术操作上，为了维持行文中永远现在时的架构与设置，沈从文、汪曾祺二人都采取了各种灵活多变的叙事时间策略。

叙事涉及两个时间序列：被讲述的事件的时间和叙事时间。前者指事物存在的客观形式，是一个由过去、现在、未来构成的单向度连绵不断的系统；后者是对这个系统的控制。沈从文、汪曾祺正是依靠对叙事时间的控制，改变它的时序（如顺叙、倒叙、预叙等），改变它的时距（指叙事速度，如快叙、慢叙、零叙、停叙等）③，从而使行文维持了一种文体层面的永远现在时态。这种永远现在时态本质上是一种立体现在时（这个名词是套用董小英在《再登巴比伦塔》一

① 赵园：《沈从文构筑的"湘西世界"》，《文学评论》1986 年第 6 期。

② 杨义：《中国叙事学》，人民出版社 1997 年版，第 182 页。

③ 参见罗钢《叙事学导论》（第 3 版），云南人民出版社 1999 年版。

书中提出的“立体共时性”概念而来。董小英在书中认为陀思妥耶夫斯基小说中的共时性是平面的，而现代的共时性是立体的[①]），在这种时态当中，人物、事件都处在现时与过去甚至是未来的立体交织网络之中，即互联在由时空倒错纠结而产生的永恒之中。沈从文的《边城》《长河》等，特别是《边城》，在时态上就呈现出一种自然而鲜明的立体现在时态。《边城》第1、2节及第3节的大部分概述了“边城”茶峒的历史、人事、民俗、风情，它从远古渊源至今，既属于过去同时又属于现在，是一种零叙式的（叙述时间无限长于故事时间）静态场景展示。到第3节末尾，小说情节开始正式启动，日期是农历五月初一，端午节前。翠翠站在渡口的小山头上，倾听着山外头的蓬蓬鼓声，并“让那点迷人的鼓声，把自己带到一个过去的节日里去”。第4、5节整整两节，时间之流倒回两年前的过去。它借翠翠视角，追叙前年和去年的两个端午节上，翠翠因缘巧会，分别认识了船总家的二老和大老，三人心中各自留下了情愫的火种，三人间的情感谐振与潜在冲突危险已在这里伏下，这是倒叙。第6节，追忆结束，回到现时，即今年五月初一。由第6—21节，天保大老、傩送二老、翠翠三人之间的情感波澜由清风徐来到渐起浪涛，再到汹涌澎湃，最后又归于平静，默默地向不可知的未来流淌开去，行文在这当中可谓如江河之流，一泻千里。但时间的进程在这16节的主体叙述流中并不是单向度进展，它也频繁地回溯与前瞻，构成一种立体的超时态。第7节开头，插叙（按杨义在《中国叙事学》中给插叙下的定义。他认为所谓插叙就是把叙事时间倒转，追溯往事，但由于篇幅

① 董小英：《再登巴比伦塔——巴赫金与对话理论》，生活·读书·新知三联书店1994年版，第51—57页。

过短而不足以称为倒叙[①]）了祖父和翠翠在第三个端午节前三两天的对话，他们议论即将到来的端午节。第 7 节末尾再次插叙“前几天”天保大老过溪时向老船工自白对翠翠的好感。这个“前几天”指第 3 节提及的五月初一，“天保恰好在那天应向上行，随了陆路商人过川东龙潭送节货”的那一天。它们使用的都是过去时态。而且，在紧凑的叙述之流中，又不时地回放、闪现老船工和杨马兵对翠翠父母恋爱悲剧的回忆，其间多达六次，并都是属于插叙式的过去时态的运用。另外，在顺势而下的文本河流中，叙事者还会技巧性地撷出一朵朵预叙的浪花。如第 15 节的末尾、第 19 节的中间及末尾就三次预叙老船夫对自己死亡的预感。文本结尾：“这个人也许永远不回来了，也许明天回来！”也是一种对未来的展望与预叙。这样在《边城》的文本中，过去、现在、未来三种时空立体展开，互相纠结，形成了一种无时态的超时态——永远的现在时。在这种时态的统引下，叙事者与读者似乎会产生某种时间的怔忡和幻觉，获得一种对现实永远的历史恒常感。

这种超时态的立体现在时的时空处置法，汪曾祺在《大淖记事》中也运用得毫不逊色。《大淖记事》的第 1、2、3 整三节及第 4 节前半部分仅限于对“大淖”风景人情及民风民俗的零叙式的介绍与巡览，它是一种既属过去又属现在的时空背景。第 4 节后半部分才正式开启小锡匠十一子与巧云的爱情主体故事，这个恋爱的情节是现时态的。十一子与巧云两人的恋爱进程本来一帆风顺，但在第 4 节末尾，由于十一子的本分，错过了巧云有意提供与他的亲热机会，给了另一个人可乘之机，“就在这一天夜里，另外一个人，拨开了巧云家的门”，把巧云奸污了。一直到第 5 节中间，才插叙原来拨开巧云家的

① 杨义：《中国叙事学》，人民出版社 1997 年版，第 150 页。

门的，就是水上保安队的刘号长。这里是过去时态。而且在主体情节之前，还回叙了巧云的妈与人私奔的故事。第4节又提及巧云在遭强奸后对“远在天边的妈”的追忆。这些都是过去时态的运用。在文本结尾，叙事者对十一子与巧云美好的爱情前景进行了预叙：“十一子的伤会好么？会。当然会!”这又是未来时态的运用。可见，在《大淖记事》中，也并存着过去、现在、未来三种时空形态。

徐岱在《小说叙事学》中说：“现在时有一种‘参与性’，能让人产生一种身临其境的审美幻觉；完成时和过去时则有一种‘历史性’，意味着一种了结。”[①] 那么，将来时呢？它应有一种“前瞻性”，意味着对未来的一种预见与向往。沈从文、汪曾祺通过对叙事时序、时距灵活自如地控制，使文本呈现出纳过去、现在、未来于一体的超时态立体现在时，从而使一个文本兼有了三种时态的长处，行文也因此显得曲折回复，意味也更加深厚无穷。它拓展了文本蕴含的历史的深度与广度，一种永恒感、沧桑感也随之而来。西班牙皇家学院院士巴尔加斯·略萨曾把这种现在、将来、过去拥挤在一起的时间称为首尾衔接的时间。这是一种自足的循环时间，现在、将来、过去以流动循环的方式，显示出一种封闭的自足性。这种循环往复的时间观，是马尔克斯的历史循环论和宿命论的世界观的一种具体表现。《百年孤独》全书就是一个自足的、封闭的大圆圈，沈从文的《边城》、汪曾祺的《大淖记事》通过两代人的爱情故事也构成一种时态上的自足、封闭性。中国20世纪90年代的先锋作家极力推崇这种瞻前顾后的时态，并奉其为经典。

通过改变时序、时距使古今未来几个叙事时间系统相互混合、辐射、干涉以实现永远现在时的设置的时空处置法，杨义又把它称为时

① 徐岱：《小说叙事学》，中国社会科学出版社1992年版，第332页。

空错综。前述的过去、现在、未来杂糅在一起的超时态发生在文本内部。其实，沈从文还善于通过叙事者的介入，即在叙事者与文本之间实现时空的错综，从而形成文本的永远现在时症候。这种手法在《媚金·豹子·与那羊》《龙朱》《凤子》等大量文本中得到了最为显在的显示。《媚金·豹子·与那羊》叙述的是一个古老时空背景中的爱情神话，但在行文当中，却不时闪现出“时代是过去了。好的风俗是如好的女人一样，都要渐渐老去的”，“不过我说过，地方的好习惯是消灭了，民族的热情是下降了，女人也慢慢的像中国女人，把爱情移到牛羊金银虚名虚事上来了”，“爱情的字眼，是已经早被无数肮脏的虚伪的情欲所玷污，再不能还到另一时代的纯洁了”[①] 等叙事者在现代语境下才使用的词句。《龙朱》的主体同样是在古老的时空背景中展开爱情的传奇，但在其类似前言的开头及正文行进中，也不时闪现“现代”的影子与侧身其间的现代的“我”的“现代式”的议论。在这里，主体的“过去”与议论式的“现在”错杂混置，生成非原生性的超时态。叙事者随意进出文本，以一种理性精神“入乎其里”又“出乎其表”，形成了对古老故事与沉痛现实进行双重理性反省的叙事时间机制。与鲁迅在《故事新编》中的时空处理相同，它们都是在运用着一种特殊的“时间哲学”，继而在叙事操作中转化为一种特殊的“哲学时间”。

在对文本叙事时间的具体操作上，沈从文和汪曾祺还善于调动叙事频率，即运用反复叙事来完成行文中的永远现在时设置。反复叙事是“一次叙述从整体上承受同一事件的好几次出现”[②]。在沈从文的

---

① 沈从文：《沈从文全集》第 5 卷，北岳文艺出版社 2002 年版，第 355—357 页。

② ［法］热拉尔·热奈特：《叙事话语·新叙事话语》，王文融译，中国社会科学出版社 1990 年版，第 75—76 页。

湘西系列小说中，反复叙事的覆盖率相当高，且增生性极强。如《夜的空间》基本上通篇都用反复叙事。《长河》与《边城》的开头两节，《小砦》开头一节，反复叙事的规模也相当可观。而《丈夫》《柏子》《黔小景》《建设》《雪晴》《会明》《一个女人》等作品中，反复叙事应用得十分灵活，可以在作品的任何部分出现，如《丈夫》在文本中间有大量的反复叙事。汪曾祺在其苏北系列小说中也较频繁地使用反复叙事，如《大淖记事》《戴车匠》《露水》的开头部分，《鸡鸭名家》《故里三陈》的中间部分都有反复叙事。反复叙事在修辞上能破格单一叙事所带来的局限，使人事、风物成为在特定情境下反复发生的行为。它的被运用体现了沈从文和汪曾祺追求普遍性、概括性、恒常感的渴望与心愿。反复叙事是由句型延伸开去，扩展成段落，充斥章节，以致组成整篇小说的。在沈汪文本中，反复叙事的句型比比皆是。如《一个女人》描写三翠的日常生活用了如下句子："鸡叫了，天亮了……她起床了"，"到了午时把饭预备好，男子回家了"，"夜间，仍然打发人，打发狗，打发猫"，"她忙着做事，仍然也忙着同邻近的人玩"①。这四个句子在"天亮了""午时""夜间"三个标示日程的时间副词的统摄下及在程度副词"忙着""仍然"的约束中，农家的主要生活样式变成了铁打一般不可动摇的规律，凝固在生生不息的时间流动之中。《柏子》中有这样的句子："在每一个妇人身上，一群水手同样作着那顶切实的顶勇敢的好梦，预备将这一个月贮蓄的金钱与精力，全倾之于妇人身上，他们却不曾预备要人怜悯，也不知道可怜自己。"②《大淖记事》中"这里的女人和男人好，还是恼，只有一个标准：情愿。有的姑娘、媳妇相与了一个男人，自

① 沈从文：《沈从文全集》第4卷，北岳文艺出版社2002年版，第294—296页。
② 沈从文：《沈从文全集》第9卷，北岳文艺出版社2002年版，第42页。

然也跟他要钱买花戴，但是有的不但不要他们的钱，反而把钱给他花，叫做‘倒贴’”[①]。这些句子中涉及的“妇人”“水手”“女人”“男人”还是“姑娘”“媳妇”全是泛性化的名词，它们都是一种概指，而非确指。它不专写一人而是写整个群体，它通过置换、抽象，把单个的人还原到他所属的类，再把群体还原回泥土和大地，使特殊上升到普遍，并从现象中发现规律，从而最大限度地提炼出了乡村美好、素朴而又希冀它永恒的人生形态与价值观念。正是依靠这种反复叙事，沈从文、汪曾祺才“制造”出由同一地域人的共同生活凝聚而成的一种相当静态的乡土式的环境与风物，并使这种环境、风物与人事成了历史长河中的一个定格，从而铸就了永远的现在时。

总之，沈从文、汪曾祺在叙事时间上的永远现在时策略显示了他们“对无时间性的醉心”，“对永恒的冥想”[②]。通过这种非原生性时态的拱卫，他们把湘西、苏北两地特殊的经验与人事从流动时间的冲刷侵蚀中解绎出来，将其演化成习惯、风俗、文化，实现了永恒。他们笔下的湘西、苏北，就这样静静地卧在时间之外，历史之外。如许，沈从文、汪曾祺确立了他们所倾心的“常”：人性的美好，民风的素朴，这正是湘西、苏北文化的本质所在。

三　时间人文化——对独特时间刻度的选择

时间是独立存在的，但人对时间的感知与理解，总是先入地挟带与融合着某种程度上的人文色彩，作家在创作中选择与运用时间更是如此。“叙事过程，实际上也是一个把自然时间人文化的过程。时间

---

① 汪曾祺：《汪曾祺全集》第1卷，北京师范大学出版社1998年版，第421—422页。

② ［法］热拉尔·热奈特：《叙事话语·新叙事话语》，王文融译，中国社会科学出版社1990年版，第105页。

依然可以辨认出某些刻度的，但刻度在叙事者的设置和操作中，已经和广泛的人文现象发生联系，已经输入各种具有人文意义的密码。”[①]前述的沈从文、汪曾祺为了维持行文中的永远现在时态而对时间速度、时间顺序的变动、挪移甚至幻化，它们都是叙事者在操作中对时间进行变异处理的结果，其间濡染着叙事者及其人物的感觉、感情和理智，因而已经将时间人文化了。不过，这是在对时间进行动态处理中出现的人文化，往往是存在于不同的时间项的对比之中。那么，离开这种时间项的对比，对某一个独立的时间刻度进行相对静态的考察，情形又会如何呢？不难发现，叙事者津津乐道的某些独特的时间刻度，也被非常深刻地人文化了。而且这种人文化不仅存在于文本之内，还存在于文本之外，存在于写作的联想和阅读的联想之中。

杨义认为，中国作家经常采用两种独特的时间刻度：生日和节日。沈从文和汪曾祺，特别是沈从文，十分擅长于在文本中调用节日这种非常人文化了的时间。当然，在沈从文、汪曾祺笔下，节日是已普泛化了的：它既指中国一些古老、传统而重大的节日，如端午、中秋、春节等，也将节日化的风俗囊括在内，其实，“所谓风俗，主要指仪式和节日”[②]。沈从文、汪曾祺在创作时十分乐意，也非常有意识地大量选择和运用节日这个独特的时间刻度。他们把节日视为人类与天地鬼神相对话，与神话、传说、信仰、娱乐相交织的时间纽结，把人物性格、命运置于这类独特的时间刻度之中，奏响了一曲以人物命运为主旋律，以天上人间古往今来的传说、信仰、风俗为和声的交响乐。

---

① 杨义：《中国叙事学》，人民出版社 1997 年版，第 169 页。

② 汪曾祺：《汪曾祺全集》第 3 卷，北京师范大学出版社 1998 年版，第 350 页。

在选择节日这个时间刻度的时候，由于其中蕴含的人物情报与文化密码被破译与解码，它便增浓了叙事文学的历史氛围与现实深度。节日具有永远的现在时的特征，它能接通历史，贯穿现实和未来，从而增加文本的深度与厚度。在《边城》中，沈从文选择了五月初五端午节这个独特的时间刻度。小说共21节，其中3—10节共8个章节都与端午节这个独特的时间刻度有关，相应的描写约占2/5的篇幅，《边城》整个故事的进展与端午节密不可分。那么，沈从文为什么非要选择端午节这个刻度来展开情节呢？用其他时间为标志行不行？要回答这个问题，需将它与端午节这个节日传统的形成、它在中国文学史上的地位及它对沈从文心灵深处的影响联系起来爬梳与整理。对端午节的起源众说纷纭，最有名的是南朝梁吴均《续齐谐记》记述楚大夫屈原遭谗不用，五月五日投汨罗江而死，楚人哀之，每到此日，以竹筒贮米投水祭奠，驾船打救，这就流传下赛龙舟、包粽子的风俗。中国人历代相传，都信服端午节是纪念屈原的，而屈原是个悲剧性的人物，他的一生就是个悲剧。由此，中国的端午节在文化根基上内蕴有一层悲剧因子。在中国文学史上，因端午节而“生事”的叙事文学都在底子里沉淀有一种悲剧色彩。如明人冯梦龙的《警世通言》中的话本小说《陈可常端阳仙化》就借端阳“滋事”，彰显了主人公陈可常科举蹉跎，出家为僧，圆寂端阳的悲剧命运——陈可常“生时重午，为僧重午，得罪重午，死时重午”。沈从文偏爱端午节这个节日，对沈从文来说，对端午节的有意识运用一方面便利寄托他深沉的历史感，他在《边城》文本中大量“征用”端午节来叙事，就能使古今相融，历史仿佛一下子跨越几千年而与现实相遇，文本“厚度”迅即增加。另一方面，端午节这个有着深厚文化内蕴的时间刻度在沈从文心灵深处引发的情感是复杂的。用审美眼光去看，它是动人的，充满了激情，沈从文在箱子岩过端午节时就从观众的高度兴奋与划船人月下竞舟的狂热上，见出人民的热情，而热情是一种可贵的品质，是生命力尚存的标志，因此划龙舟的印象曾深深激动过沈从文："提起这件事，使我重新感到人类文字语言的贫俭。那一派声音，那一种情调，真不是用文字语言可以形容的事情。"① 可用历史的眼光去看它，它又毫无变化："石滩上走着脊梁略弯的拉船人。这些东西于历史似乎毫无关系，百年前或后皆仿佛同目前一样……我有点担心，地方一切虽没有什么变动，我或者变得太多了一点。"② 想到沅水流域端午节的龙舟比赛，沈从文感到时间多么古怪，湘西现实存在的一切跟两千年前楚国屈原那个时期的景物几乎没有两样，它毫无变化，显出极其可怕的惰性力量。由此，端午文化所特有的悲剧内蕴显露出来，对它的择用在此恰恰和沈从文内心深处的那一丝对湘西历史的悲剧感与对湘西现实的忧患感悄然吻合而共鸣。湘西的出路在哪里？民族的未来在何方？沈从文在写《边城》之时已有着初步的思考，他在《〈边城〉题记》中说："我的读者应是有理性，而这点理性便基于对中国现社会变动有所关心，认识这个民族的过去伟大处与目前堕落处，各在那里很寂寞的从事于民族复兴大业的人。"③ 这种思考到他后期的乡土小说如《长河》《小砦》中就已得到自觉贯彻与毫不遮掩的直接表露。沈从文寄希望于用"划龙船的精神"来拯救湘西民族与现时中国。在沈从文的大量文本中，正是由于这样特定节日的牵引，如《边城》《湘行散记》中的端午节，《节日》中的中秋节（狱中乡人在中秋节这个团圆节日里悲惨死去），《七个野人与

① 沈从文：《沈从文全集》第 11 卷，北岳文艺出版社 2002 年版，第 279 页。

② 同上书，第 253 页。

③ 沈从文：《沈从文全集》第 8 卷，北岳文艺出版社 2002 年版，第 59 页。

最后一个迎春节》中的迎春节（在迎春节的狂欢氛围中是七个本溪人被野蛮地屠杀），《初八那日》中的初八日（初八日是历书上的好日子，可这一天定亲的锯木人七老却被黄松木砸死），还有《除夕》中的除夕节，《元宵》中的元宵节等，他的文本才既能走进历史，又能走出历史。它带着传统走过来，又在叙事者情感和理性的审视下发生反弹，产生文化意蕴。它牵引来人文历史和现实资料，使叙事时间深刻地人文化了。

汪曾祺的小说不刻意追求文本的历史深度，反而有意追求一种“平淡”“和谐”“自然”的情境与效果。但是，由于汪曾祺对节日风俗的偏爱有加与大量运用，而节日集古今于一体的固有本性则使汪曾祺的文本不可避免地捎带上一团历史的雾影。汪曾祺在其胎记式的家乡小说中呈现了众多的节日风俗，如“盂兰会”“迎会”及《晚饭花》中的“元宵灯节”。最为显在与最具代表性的是《故里三陈·陈四》中对赛城隍节日——迎神赛会这个独特刻度的选择与运用。《陈四》全篇由于用4000多字尽情渲染、铺陈了迎神赛会这个江南传统节日的风俗民情，因此它孕化出了一种久远、原始而古朴的欢乐情调，营造出了一股朴野粗犷的文化氛围，给全文定下了一个有历史感的基调。在此基调中，后文仅用几百字点出踩高跷的陈四在这种古老、蒙昧的节日氛围中的挨打、大病、卖灯……人物命运就这样被浸泡在浓重的古朴风习之中，背景的历史感由此油然而生。

不容忽视的是，节日等独特时间刻度横亘于文本当中，它必然对文本结构产生影响。独特的时间刻度在小说中，往往是人物关系的黏合剂和事件得以发展、矛盾得以激化、人性得以展现的重要契机。在沈从文叙写湘西的小说中，一些独特的时间刻度往往能作为作品结构的轴线，连缀全篇。如《七个野人与最后一个迎春节》以两个迎春节（北溪村自由状态下的最后一个迎春节与设官后的第一个迎春节）中的人事统率全篇；《新与旧》选取“光绪……年”与“民国十八年”两个时间点来对比叙事；还有《节日》《初八那日》《雨后》《黄昏》《夜的空间》等从题目上就可看出叙事者对时间刻度煞费苦心的选择。这里我们重点分析端午这个特殊时间刻度在结构《边城》时发挥的作用。汪曾祺说：“《边城》几次写端午节赛龙船，和翠翠的情绪的发育和感情的变化是紧紧扣在一起的，并且是情节发展不可缺少的细节。”[①] 在《边城》中，傩送、天保、翠翠三人的相遇、相识、相爱全靠端午节这个时间“枢纽”来遇合。翠翠在两年前的第一个端午节“巧遇”二老，天保因“过川东送节货”不在场。在第二个端午节“偶遇”大老，傩送因“船正下青浪滩”而缺场。爷爷和翠翠在前两个端午节先后认识傩送与天保，“今年”的端午节又遇上他们兄弟俩。爷爷和翠翠的责任是划船，只有在节日里才有时间有理由进城访友和玩耍，也只有在节日里才有见到傩送和天保的可能。傩送与天保平时都需要外出经商，也只有在节日里才有可能回家碰到翠翠。虽然别的时间也有巧遇的机会，但终不如放在端午节里显得自然。端午节集中的人物作用在第10节表现得最为充分。在这个端午节（第三个端午节）里，顺顺有机会请到团总妻女来自己家看赛龙舟，团总女儿借端午节之机携碾坊自然而然地加入竞争，天保在这个端午节前夕向爷爷暗示对翠翠的喜爱，加入与傩送的竞争。节日里不免人多嘴杂，正是借助于它，翠翠才会听到旁人的闲话，爷爷才有时间访问老友杨马兵，两人同看碾坊，才有杨马兵为天保说媒。这样，傩送—翠翠—天保与翠翠（渡

① 汪曾祺：《汪曾祺全集》第3卷，北京师范大学出版社1998年版，第353页。

船）—傩送—团总女儿（碾坊）之间的纠葛冲突的雏形在这节日里得以形成，情感的暴风骤雨即将在这个端午节后拉开序幕。人们普遍认为《边城》是沈从文所有小说中技巧最为完美，结构最为讲究的一篇，我想这与他在创作时对端午节这个独特时间刻度的特意选择与精心安排是有内在关系的。

在汪曾祺的小说文本中，独特时间刻度在结构上主要是作为一个情节“局点”（体育术语，意思是关键、让人紧张的时刻，跟“赛点”意思类似），起携领情节高潮的作用。汪曾祺的小说虽然讲究“平淡”，但在平淡的叙事中不时不显山露水地藏有让情节突转或升华的“局点”。《受戒》中的小和尚明海与小英子长时间耳鬓厮磨，情深意浓，只等着最后的瓜熟蒂落。叙事者在文本末尾精心选择了一个独特的时间刻度来捅破这最后一层窗户纸——“小船进芦花荡子时”。小英子去接在善因寺受了戒的明海，在小船上，她得到了明海既“不要当方丈”也“不要当沙弥尾”的肯定答复后，画面浮现出一个时刻：“又划了一气，看见那一片芦花荡子了”，紧接着画面马上跳转，又一次显示时间刻度：“英子跳到中舱，两只浆飞快地划起来，划进了芦花荡”，最后文本呈现芦花荡美丽而动人的景色。《受戒》的这个结尾有如电影的镜头，画面切换的时间标示非常清晰。那么，《受戒》为什么要如此重视并显现“船进芦花荡”这个时刻呢？我想奥秘在于“芦花荡”这个独特的时空环境上。芦花荡密密麻麻，遮天蔽地，它隔离了人事的喧扰，安静而幽闭。小英子与明海一靠近这个独立的小天地，就能感觉到它所提供的庇护。在这里，两个小儿女仅有的一丝羞涩被环境自然消解，显露出人性的本真与天真，大胆地吐露情愫，从而实现感情的升华，也带来情节的高潮。同时，正因为特别标示了“船进芦花荡”这个时空刻度，叙事者才能使英子与明海收获爱情后的喜悦之情得以巧妙地映衬于芦花荡美丽的景色中而浑然天成，不露痕迹：紫灰色的芦穗，发着银光，通红的蒲棒，青、紫的浮萍，开着小白花的野菱角，擦着芦穗飞远的青桩，这是鲜艳的颜色；加上“软软的，滑溜溜”的触觉，“通红的，像一枝一枝小蜡烛”的蒲棒带来的联想，整个弥漫着的是一派祥和幸福的氛围，而这正契合着英子与明海此时的心境。同样，《大淖记事》也选择了一个独特的时间刻度。在《大淖记事》中，叙事者将巧云与十一子灵与肉的结合安排在一个月明之夜。月有阴晴圆缺，人有旦夕祸福，这个月明之夜，是文本的一个情节高潮，也是情节“突转”的一个“局点”，因它既是巧云与十一子幸福爱情的起始点，也是他们爱情经受严峻考验与暴风骤雨的导火索，时刻的人文化在此不言而喻。

中国有所谓“十里不同风，百里不同俗”的古语，在选择节日的时间刻度加以人文化的时候，由于人文现象本身带有时代性和地方性，它便增浓了叙事文学的时代气氛和地方色彩。同时，通过对节日风俗的描写，还可以折射出特定地方、特定人群的人文状态，并寻找到它的人文根源。中国有一部分作家热衷于写节日化风俗似乎另有企图。他们想通过写节日、写风俗营造出一种生活化的氛围或地方情调，以图进军与立足文坛。[①] 但沈从文、汪曾祺不同，他们深得中国节日传统的文化精髓，他们在文本中大量呈现节日、风俗，不仅在于涂抹文本的地方色彩，更在于发掘特定地域的人文状态之根。《边城》的端午节风俗，《神巫之爱》的跳傩法事，《凤子》中的谢土仪式使沈从文的这些文本散发着一股股浓烈的南方巫鬼文化气息。此类文本中的主人公——湘西小儿女大多热烈多情，对爱情大胆、执着，这与楚巫节日、风俗中自由奔放、令人痴狂迷醉的仪式传统的熏陶濡

① 曹文轩：《20世纪中国文学现象研究》，北京大学出版社2002年版，第169页。

染密不可分。《故里三陈·陈四》中赛城隍节日到来时，人们舞龙要狮子，跳旱船跳小车，站高肩踩高跷，《晚饭花·珠子灯》中元宵灯节时，每人一手一灯，吹鼓手吹着细乐……它们都洋溢着江南水乡特有的地方气息。踩高跷能手陈四宁可不再踩高跷也要坚持人格的尊严与独立，这与中原儒家文化中“宁为玉碎，不为瓦全”的人格濡染有关。

节日具有狂欢色彩。狂欢节在本义上就是指某一特定的节日，它是一个时间概念。按巴赫金的理解，狂欢节扩大了范围，它脱离了固定的时间（节日）和地点（广场），而向人类生活的各个方面渗透。狂欢生活可以说是一种远离了日常生活的边缘生活，狂欢的本质就是在边缘状态中人的生命意识的爆喷。[①] 在传统的节日里，长期被生活重负压得麻木了的人们，其情感和心灵变得异常开放活泼，节日及其他狂欢时刻是他们奔放情感、流露真情的重要日子。在这一天，人们不用再伪装自己，可尽情欢娱，大胆爱憎，人人都平等，无尊卑贵贱之分。《边城》中的天保和傩送都借端午节的狂欢气氛产生了对翠翠的恋情，这种恋情也在端午节得以充分表露。翠翠复杂微妙的内心活动也是在端午节的气氛中孕育成熟。《大淖记事》中的巧云与十一子也是在令人放松与放纵的月明之夜，才成就了他们的终身大事。《岁寒三友》中“这些辛苦得近于麻木的人”在陶虎臣的“焰火节”中也得到了“开怀一笑”的机会。可见，沈从文、汪曾祺在选择节日或其他独特的时间刻度时，也是考虑到了它们的狂欢意蕴的。

① 王建刚：《狂欢诗学——巴赫金文学思想研究》，学林出版社 2001 年版，第 145—146 页。

第四节　叙事结构："前一后故事场"、结构势能

沈从文、汪曾祺既是师徒，又是两位叙事艺术的大师。他们作品的叙事结构无意为之，无意求巧，却往往自然天成，独出机杼，形成有特色的结构。两位艺术大师的结构方法很多，文本中也有各种成功的运用。即使是最为普通的对照式结构，在两位作者的手下，也显得不落窠臼，精致而巧妙。

一　"前一后故事场"的对比设置

对照是一种结构艺术，是艺术系统里的一种艺术法则。适度地运用能使它在文本中发挥多种艺术功能，如组织题材、刻画人物、抒发情怀、创造意境，等等。沈从文、汪曾祺对"对照"都怀有浓厚的兴趣。在长期的生活实践及艺术实践中，沈从文、汪曾祺二人都形成了一种强烈的"对照"表达欲望及自觉的对照意识。他们不但懂得了对照的认识功能，而且充分认识了对照的艺术表现功能。纵观沈从文、汪曾祺一生创作的众多作品，无论是从宏观的角度还是从微观的角度加以考察，都可以看出他们在文本中已形成一个具有特色的艺术对照系统。从宏观的角度来说，他们的艺术对照系统非常明显地表现在因题材撷取方面的不同而形成了两个相对对立的艺术"世界"：乡村世界和都市世界。从微观的角度来说，在他们具体的单篇独章的作品中时常呈现出两种不同生活和人事的直接的、面对面的对比。如他们在创作中有时喜欢将相反或相近的此一人事与彼一人事做比较。相反的比较如《会明》《大淖记事》中的人事，相近的比较如《边城》

《岁寒三友》中的人事。有时又喜欢将同一人事的前后不同或内外有别作横向或纵向的比较。横向的比较如《大小阮》《异秉》中的人事，纵向的比较如《萧萧》《八千岁》中的人事。有时甚至在人物与“环境”是协调还是不协调的关系上进行对照。协调的关系如《龙朱》《受戒》，不协调的关系如《丈夫》《珠子灯》。沈从文、汪曾祺的对照艺术可谓千姿百态，它有如魔法师手中的魔术，不断翻新，变化多端。《边城》与《大淖记事》在结构上的“前—后故事场”设置就相当鲜明地彰显了他们对对照艺术的特别讲究与着意诉求。

《边城》与《大淖记事》叙写的是两代乡村儿女的爱情故事。《边城》以翠翠为中心，聚焦于翠翠与傩送、天保之间的爱情纠葛。在小一代的爱情主航道中，随时流淌着翠翠母亲与屯防军士爱情悲剧的细溪。《大淖记事》以巧云为焦点，演绎的是巧云与十一子的爱情悲喜剧，隐现于其中的是巧云母亲对爱情的大胆追求。文本巧妙构设两个爱情故事序列——老一代中国乡村儿女的爱情序列（序列A）和小一代中国乡村儿女的爱情序列（序列B），从而形成独特的文本结构“前—后”故事场的完整对应设置。

我们先来看一下两代人的爱情故事序列链式。《边城》序列A的序列链式为：A1（船工女儿与屯防军士在对歌中相爱）—A2（船工女儿怀孕，屯防军士想约她一同逃走）—A3（行动未能付诸实施，屯防军士为了军人荣誉服毒自尽，船工女儿为了腹中孩子未能追随而去）—A4（船工女儿生下翠翠后，到溪边喝凉水死去）。《大淖记事》序列A的序列链式为：A1（黄海蛟偶遇逃难使女莲子，两人成家）—A2（成家一年后生下女儿巧云）—A3（巧云三岁时，莲子随唱戏小生私奔）—A4（黄海蛟带着小巧云继续生活）。《边城》序列B的序列链式为：B1（翠翠长大成人后的那一年端午节，翠翠与傩送意外相逢，两人暗生情愫）—B2（第二年端午节，翠翠没见到傩送，反被他哥哥天保看上）—B3（第三个端午节，傩送请翠翠一家去看龙舟赛，同时顺顺请团总妻女看龙舟赛）—B4（大老先走车路提亲遭拒绝，兄弟二人走马路情争，大老败北，赌气出船而出事）—B5（顺顺要碾坊，二老要渡船，二人争执，二老赌气下桃源）—B6（老船工最后努力失败，绝望中死去，顺顺改变态度）—B7（翠翠在杨马兵监护下坚守渡口，等待二老归来）。《大淖记事》序列B的序列链式为：B1（十一子与巧云在交往中两人暗生情愫）—B2（一个月明之夜，十一子救醒落水昏迷的巧云，并舍弃了巧云故意提供给他的亲密机会）—B3（刘号长乘虚而入，夺去了巧云的童贞，并霸占着巧云的身子）—B4（又一个月明之夜，巧云在沙洲茅丛里主动献身与十一子，从此，二人暗中亲密不断）—B5（刘号长知晓两人关系，纠人暴打十一子，十一子至死不屈服）—B6（锡匠们顶香请愿喊冤，刘号长被撵走）—B7（巧云和十一子终成眷属，巧云做了挑夫，乐观地等着十一子伤势好转）。

《边城》与《大淖记事》的序列A通过镶嵌的方式水乳交融地化入序列B中，形成一个纠缠交错的复合结构。但第一代人的爱情故事与第二代人的爱情故事并不是“卫星”事件与“核心”事件的关系，而是构成一个完整封闭的“前—后”故事场。之所以将上一代的爱情故事视为“前故事”而不将之看作整个故事的一个“卫星”事件，理由在于它本身拥有一系列事件，而这些事件又构成了一个相对封闭的逻辑系统。叙事者将“前故事”置于主要故事的边缘，据情节发展的需要，招之即来，挥之即去，行文应付自如，随意潇洒。在《边城》的文本中，船工女儿的爱情故事（序列A）先后六次被提及：第一次是文本开头，交代老船工与翠翠的背景时；第二次是祖父因翠翠的长成而忆起了往事时；第三次是杨马兵为天保提亲走后，祖父在空雾里望见了翠翠的母亲及与翠翠交谈时引到了死去的母亲身上；第四次是当老船夫体会到翠翠爱二老不爱大老的心事时，因为害怕而忽然想到那个母亲的命运；第五次是一个十四的夜里，祖父在门外的高崖上给翠翠讲她爹娘的故事；第六次是老船夫死后，杨马兵与翠翠说起她父母的恋爱往事。这六次提及，除了第一次借叙事者之口直接概说外，其余五次分别由老船工和杨马兵引出。第二、三、四次是老船工触景生情，既表现了老船工为了女儿、孙女操碎了心，又暗示了翠翠前途命运的凶恶。第五次则有不同，它让人体会到回忆是多么惬意，又多么美好。杨马兵的讲述由于他特殊的当事人与见证人身份，内涵自然不同。通过杨马兵之口，我们恍然大悟，原来他主动充任翠翠的新监护人，除了边城人特有的诚挚关爱外，是由情爱转化为父爱的爱意转移和补偿心理在起着主要作用。这是从另一侧面对前故事的缀补。由此，在《边城》中，上代乡村儿女的爱情故事序列 A（前故事）在文本中六次被提及，六次镶嵌于 B 序列不同的地方，与 B 序列形成相互补充、映衬和对照，使文本旁逸斜出，显得摇曳多姿、绰约有情，达到了恰如其分的效果。叙事者显然对此烂熟于心，收放自如，从而使《边城》形成如下的序列结构：

(A) B1—B2—(A) B3—(AAA) B4—B5—B6—(A) B7

从这个序列结构中，我们可明显看出船工女儿的爱情序列 A 被提及的六次中就有三次集中镶嵌于 B4，即兄弟情争翠翠的第 11 至第 14 节短短四节的情节高峰中，由此凸显出善良、对生活重压能坚韧承担的老船夫对孙女未来的极度关怀与万分忧心及在孙女婚事上的感情的极度脆弱，为后来老船夫的凄然死去设下了伏笔。《大淖记事》

中，莲子的爱情故事（序列A）在下代人的爱情故事（序列B）中两次被提到。第一次提及（完整提及）其实发生在B序列真正开始之前，交代人物背景；第二次是巧云被刘号长破了身子后想起她远在天边的妈妈，想从她妈妈那里寻求精神的慰藉，并后悔自己没有妈妈的勇敢与果断，没能把自己给了十一子，从而形成一个参照。妈妈的故事为后来巧云勇敢地将自己的身子主动交与十一子提供了精神的动力与行动的支柱。文本的序列结构如下：

(A)B1—B2—B3(A)—B7

由此可见，两个文本将两代人的爱情故事处理成“前—后故事场”的相对设置，体现了叙事者对上代人爱情故事的重视及文体的自觉，很好地完成了叙事者使两代人爱情“互印互证互参”的叙事策略。当然，这并不意味着叙事者对两代人爱情故事的平均用力，文本叙事的重心始终着眼于第二代人的爱情故事，第一代人的故事只是随时需要，随时呈现。

《边城》与《大淖记事》由各自的叙事序列所构就的四个故事场都是一曲相互对照的情爱剧，这四个情爱剧的上演都由女性登台唱主角。在《边城》情爱“前故事场”中，船工女儿主演自己的爱情戏，她在屯防军士与杨马兵对自己的情爱竞争中，主动选择了屯防军士，在屯防军士—船工女儿—杨马兵的三人结构中，她追求与屯防军士的爱恋先是改善（对歌，进而秘密幽会），后恶化（怀孕，为了父亲或军纪，没有私奔，先后自尽）。它是一曲婚恋的悲剧。《边城》情爱“后故事场”以翠翠为恋爱中心，她既是傩送与天保两兄弟的情爱争夺对象，又无意中卷入了与团总女儿对傩送的爱情争夺。在傩送—翠翠—天保这个错综复杂的亲情、恋情三人结构中，她与傩送两个中国乡村小儿女的恋情逐步改善（两人先是借端午龙舟赛之机暗通情愫，后又各自拒绝诱惑），但中间又包孕着阻力（天保加入竞争，碾坊加入竞争），镶嵌着恶化（天保赌气出船而淹死，老船工承受不了打击而死去，傩送负气出走），最后恶化被遏止，可前途未明（顺顺改变态度，翠翠得到新监护人，傩送归期不定，翠翠坚守渡口等待傩送归来）。这是一曲悲喜剧的杂糅，以冷色为底，冷中有暖。与《边城》相比，《大淖记事》的两个情爱剧更带有喜色与亮色。《大淖记事》的"前故事场"以莲子为主角，在唱戏小生—莲子—黄海蛟的三人结构中，她追求与唱戏小生的自主爱情一帆风顺，心想事成（两人私奔圆满成功），它是一出略带暗色的喜乐剧。在"后故事场"中，围绕着十一子—巧云—刘号长的情爱争夺，处于情爱中心的巧云为了自身的幸福，努力争做自身命运的主人，与十一子主动交好。它的恋爱进程总体上趋向改善（两人经受了磨难与考验，情意日浓并终成眷属），中间横亘着一定的恶化（刘号长夺去了巧云童贞，并霸占着巧云，且暴打十一子）。它是一场微带辛酸的大团圆，一场信念的胜利，应为一出正剧。

从更深层的意蕴上来说，这四出爱情剧更形成对照。在四个三人结构中，船工女儿选择了屯防军士而放弃了杨马兵，翠翠选择了傩送而放弃了天保，莲子选择了唱戏小生而放弃了黄海蛟，巧云选择了十一子而放弃了刘号长，彰显的是一种婚恋形态上属人的本质（有爱婚姻）与属物的本质（无爱婚姻）的对立及人性上自然的人性（对歌、走马路、私奔、大胆幽会下的自由爱恋）与文化的人性（囿于亲情、军纪和金钱、伦理——即不私奔，强权下的压抑爱恋）的对立。用格雷玛斯的语义方阵来分析就是：

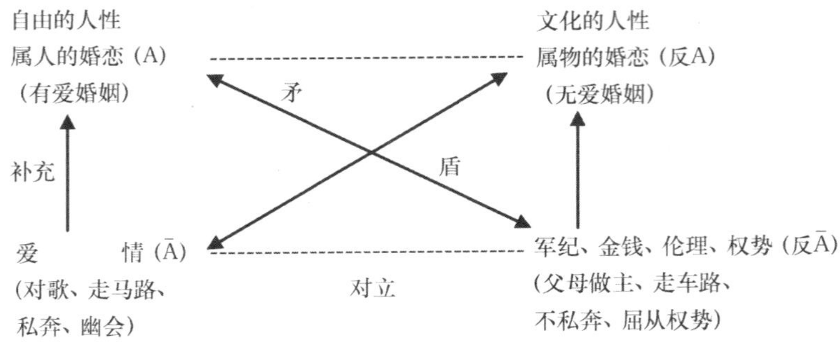

这个语义方阵清楚地彰显了叙事者的价值尺度：小说中中国小儿女的行为——生存方式虽是乡村的，却真正拥有属人的纯朴与率直、真挚的品性。他们不惧于外在势力的干扰与侵袭，大胆相爱，甚或当爱而不得时，勇敢地走向死亡，使真爱逾越了生与死的界限。《边城》与《大淖记事》的爱情传奇是湘西西水流域、苏北里下河流域乃至乡土中国的一首动人牧歌。

二　对结构势能的看重与精心设置[①]

势能是一个近代物理学术语，它的本义是指物质系统由于各物体之间或物体内各部分之间相互作用而具有的能量，比如引力势能、弹性势能、电磁势能、核势能等，这类系统的势能往往是由于物体的相对位置决定的。杨义在《中国叙事学》中把势能这个术语引入叙事学中，提出了结构势能的说法。他认为，文本结构要运转、展开和整合，没有内含的能量或动力，即势能，是不可想象的。[②] 沈从文、汪曾祺深谙文本结构各部分间这种能量互动的重要性，因而对它特别加以在意与讲究。在他们的小说中，人物性格多面闪光，一个文本往往有几

① 此部分较多地吸收、借鉴了杨义对结构势能的论述，参见杨义《中国叙事学》，人民出版社 1997 年版，第 76—88 页。

② 杨义：《中国叙事学》，人民出版社 1997 年版，第 77 页。

个主人公或多个事态，各人物和事态间蕴含着极大的能量，这些能量通过聚合、转换和释放，交缠纠错，从而构成结构上的动力势能。《边城》《巧秀和冬生》《三个男人和一个女人》《媚金·豹子·与那羊》及《大淖记事》《鸡鸭名家》《岁寒三友》《故里三陈》……都是此中的佳本。

沈从文、汪曾祺小说对结构势能的重视与追求首先表现在注重呈现性格本体在特殊情境中能量释放的反应。情境是人物性格的试金石与能量释放的触媒，面对不同的情境，同一性格本体的反应是不同的。二人的叙事作品从不同角度设计情境，考验同一性格本体的不同侧面，使人物性格具有双面或多面性，由此积淀成人物性格上内蓄的本体势能，以推动情节的进展与结构的展开。在《边城》中，男主人公傩送在与天保的兄弟情争的情境中，体现出他性格上的诚实爽直及对爱执着、大胆的一面；在顺顺“逼婚”，马兵劝婚，碾坊诱婚的情境中，他对翠翠的爱仍忠贞不移，从而使一个敢作敢为、正直雄强的乡村男子汉形象赫然凸显。但正是在一切人为障碍都得到祛除，两人本可以顺利结合之时，却因记恨着老船夫做事的弯弯绕绕，难忘着哥哥的死亡而赌气驾船下桃源，这又侧显了傩送性格中莽撞、毛躁和不够成熟的一面。《大淖记事》中的十一子也同样彰显出性格上的多面性。在第 4 节“织席”的情境中，十一子与巧云两个人卿卿我我，柔情似水，浓情如蜜，体现出十一子性格上柔弱多情的一面，但也就是这个看似柔弱的十一子，却在第 6 节“遭打”的情境中宁死不屈，彰显了一个男子汉硬邦邦、格铮铮的气概。由此，傩送与十一子多构性的性格就这样向文本中的各个情境侧面辐照、反射，释放能量，它以自己正正反反的内在能量在复杂的情境中开拓自身的生命历程，从而显示出性格的丰富性以及结构进展的曲折性。

性格的多构性或双构性所形成的本体势能对结构的转换和变异（也可以说是突转）也具有内在的推动作用。在《三个男人和一个女人》中，在平常时节里显得柔和温顺的豆腐店老板，却在商会会长的小女儿死后，居然干出偷盗女尸这样惊世骇俗的事来，由此造成结构上的突转。《故里三陈》中的陈泥鳅也是如此，他性子里既有好义的一面，又有好利的一面。在“拨拉桥洞口女尸”的情境里，陈泥鳅坚持要十块钱酬劳，人们以为他好利，但他上岸后却转手将钱用于给孤寡老人陈五奶奶的小孙子看病，这样就造成了一个如骏马受缰般令人意外的“煞尾”。可以看出，性格的多构性在此造成了一推一挽的势能，使结构产生一起一伏、一往一返的旋涡，从而拓展了结构的力度。

在沈从文、汪曾祺的小说中，往往又有多个性格本体和事态，它们彼此在空间上共构，由此形成位置势能。中国“孤掌难鸣”的俗语及“弓矢”寓言、“矛盾”寓言都表达的是这个意思。位置势能能使各人物事件之间的关系犹如弓矢相搭、矛盾相配，相互间形成张力或弹性。位置是偶然和必然的遇合，它给人物和事态以某种难以选择的契机，给人物和事态以选择的牵引力和扭曲力，并往往能为人物和事态的发展增添一点戏剧性。在《边城》的情爱故事中，船工女儿面对着屯防军士与杨马兵的竞争，翠翠受着天保和傩送的同时喜爱，傩送面临着翠翠与团总女儿的双重选择。在《大淖记事》中，莲子同时面对着两个男人：丈夫黄海蛟、情人唱戏小生，而巧云一面受到刘号长的欺侮、霸占，一面又深爱着十一子。二男一女或二女一男的恋爱关系在此错综、凝聚为一种位置势能（它们形成一组组的三人结构：“男—女—男”或“女—男—女”）。同时，由此带来的私奔/不私奔，走马路/走车路，渡船/碾坊，屈从权势/不屈从权势在事态上也构成一种位置势能。这种人物、事态彼此共构所蓄积的能量主要依靠各自男、女主人公在汹涌澎湃的情海浪涛中的自我抗争与自主选择而得以释放。船工女儿选择了屯防军士而双双自尽，翠翠、傩送彼此相爱但经历了哥哥的横死与爷爷的暴亡，莲子与唱戏小生私奔而留下了孤父寡女，十一子在经历暴打并几乎死去后与巧云终于共结连理。位置势能就在如此极度爆发中消耗殆尽，它顺序经历了二人相爱的潜伏阶段、另一人加入竞争的聚集阶段、三人冲突的爆发阶段，直至三人重新定位的能量耗散后的重组阶段，从而使文本结构在多线纠缠、曲折跌宕而充满戏剧性中展开和完成，形成了一种拆不散、捶不烂的内蕴着强大能量组合的结构框架。

应该看到，前述的本体势能和位置势能在沈从文、汪曾祺的小说中都不是凝止的，它们都是在变动中存在。原本体和新本体、原位置和新位置之间，由其反差而产生新的势能，这就是变异势能。与位置势能较多地强调共时性有所区别，变异势能强调历时性，它注重时间对势能的参与，而不同于位置势能注重空间对势能的参与。这个叙事学讲究“同树异枝、同枝异叶、同叶异花、同花异果”之妙，沈从文、汪曾祺也追求这种叙事上的犯、避辩证法。他们的小说不仅注重叙写的常数，更注重叙写的变数，常中有变，因而聚积为变异势能。如《边城》《大淖记事》都呈现了两代人的爱情故事。它们都以女性为中心，女性面临着两个男子的追求或争夺，而女性都是男女爱情中的主动施为者，她们自主自为、自定命运，为改变自身的处境都采取了积极行动，这是结构上的常数。但常中又有变，第二代人的爱情体验已不同于第一代人。如果我们以第一代人的爱情故事为原有相，那么第二代人的爱情故事则为变异相。在《边城》原有相中，船工女儿与屯防军士还摆脱不了亲情和荣誉对自己的限制、羁绊，到了变异相中，翠翠与傩送已较彻底地甩掉了缚加在他们身上的亲情、物质与伦理的“锁链”，本着人生的“快乐原则”，大胆相爱，他们爱得无声无息又摄人心魄。同样，在《大淖记事》的原有相中，莲子倾心于唱戏小生，她本着“两情相悦”的欲望冲动而与唱戏小生大胆私奔，但到了变异相中，他们的后辈巧云与十一子却爱得更是轰轰烈烈而又无怨无悔，他们的爱已得到升华，已逾越单纯的男女“两情相悦”的本能阶段，进入人性的更深处。在《雪晴》中，巧秀娘和打虎匠、巧秀与吹唢呐的中寨人爱得都可谓惊天动地，但后代人的爱情却更为曲折、传奇。原有相、变异相作为沈汪此类文本一隐一显、一暗一明的结构线索，它们分中有合，合中有分，于分分合合、同同异异之间蕴含着巨大的能量，从而形成摇曳多姿、曲折多变的双线式结构。这种结构由变异势能造结，却又包孕着本体势能、位置势能，它是三种势能相融合而推动结构发展的典型。

第三章

音乐叙事：沈从文创作与音乐的因缘

爱好音乐，是人类的通性。古今中外许多大家、名家都与音乐有缘。叔本华、尼采在音乐的聆听中思考哲学命题，爱因斯坦在拉小提琴的愉悦中思考科学问题。嵇康是魏晋名士，与音乐颇有渊源，一曲《广陵散》成千古绝唱。李白、柳永的诗词不仅适合于歌唱，而且二人在且歌且舞中放浪形骸、倾心陶醉。文人、文学家、文学与音乐有不解之缘。在中国现当代文学史上，一些作家不仅爱好音乐，而且音乐对他们的人生产生影响，对他们的创作有潜移默化的渗透。其中，尤以沈从文与音乐的因缘颇深。沈从文终生喜爱音乐，爱听歌剧与交响乐，是一个地道的音乐迷。而且，音乐施与他的生命历程、人生选择以重要影响。更重要的是，与列夫·托尔斯泰以音乐的复调手法创作《安娜·卡列尼娜》一样，沈从文的文学创作，从构思、语言、结构到叙述、氛围、情调及至整体风格，都可见音乐影响的浓厚痕迹，以致形成一种所谓的音乐叙事。

第一节　音乐与沈从文人生之关系

沈从文一生与音乐有不解之缘，音乐施与沈从文的人生旅途以不可估量的影响，特别是在他人生最关键的几个转折点上，音乐发挥了不可替代的独有作用。

一　音乐富于幻想的气质给予沈从文出走湘西、走向文学创作之路的影响

1923 年，年仅 21 岁的沈从文离开湘西，赴北京“求学”。关于这次出走的原因，在《从文自传》中可见端倪。直接诱因是 1923 年夏的一场热病，几乎“取去”了青年沈从文的性命；“平时结实得同一只猛虎一样的老同学陆弢”，也莫名其妙地被河水吞噬了生命。这一切生命的“偶然”逼迫沈从文“闷闷沉沉的躺在床上，在水边，在山头，在厨房同马房”，“痴呆想了整四天”，最后决定：“尽管向更远处走去，向一个生疏世界走去，把自己生命押上去，赌一注看看，看看我自己来支配一下自己，比让命运来处置得更合理一点呢还是更糟糕一点？若好，一切有办法，一切今天不能解决的明天可望解决，那我赢了；若不好，向一个陌生地方跑去，我终于有一时节肚子瘪瘪的倒在人家空房下阴沟边，那我输了。”① “我明白人活到社会里应当有许多事情可作，应当为现在的别人去设想，为未来的人类去设想，应当如何去思索生活，且应当如何去为大多数人牺牲，为自己一点点理想受苦，不能随便马虎过日子，不能委屈过日子了。”② 碰巧，此时的“湘西王”陈渠珍正在倡导“湘西自治”革新，决定派送学生出省或在本省游学。因缘巧会，征得陈渠珍的同意，沈从文怀着“寻找理想，想读点书”的念头离开了湘西。

而深层原因是沈从文在湘西的流荡和行伍生涯中，接触到了诸如

① 沈从文：《沈从文全集》第 13 卷，北岳文艺出版社 2002 年版，第 364 页。
② 同上书，第 362 页。

留学日本的文颐真、饱学之士聂仁德、印刷工人赵奎五等人物，受了他们见闻或思想的影响。同时在熊希龄府邸、陈渠珍旅部、印刷报馆阅读了诸如林译小说、《四库提要》《申报》《新潮》《改造》《创造周报》《向导》《新青年》《东方杂志》等文章和杂志，使他增长了智识，对外面如火如荼的世界产生了向往。

而更深层次的原因恐怕还在于楚巫文化传统和音乐施与沈从文的教育和影响。楚巫文化和音乐都富于幻想气质。楚巫大地信习好巫，这里有着丰富的神话体系，人们事鬼如事神，神、巫、人和自然和谐共处，青少年时期的沈从文足迹踏遍每一片湘沅土地，富于诗性幻想传统的楚巫文化时时濡染着他，熏化着他，幻想气质在他内心种下了根。而音乐风格也耽于幻想，音乐家是幻想的天才，他们不注重描绘，而注重感性，他们都是把自己的那种富于幻想的感情融入他们的音乐，他们都是音乐的诗人，[①] 音乐是他们天马行空奇思怪想之下的结晶。沈从文“小时又极欢喜音乐”[②]，他说过：“我有一点习惯，从小时养成，即对音乐和美术的爱好”[③]，“至于对音乐和美术爱好，来得实源远流长。从四五岁起始，这两种东西和生命发展，即完全密切吻合”[④]，“一遇到好乐曲，永远是感动得要流泪”[⑤]，“认识我自己生命，是从音乐而来”[⑥]，“……工艺美术，色泽与形体，原料及目的，作用和音乐一样，是一种逐渐浸入寂寞生命中，娱乐我并教育我，和我生命发展严密契合分不开的”[⑦]，“这个发展影响到成熟的生命，是直觉的容易接受伟大优美乐曲的暗示或启发”[⑧]。从上述

① 肖复兴：《牧神午后》，福建教育出版社 2003 年版，第 22 页。
② 沈从文：《沈从文全集》第 19 卷，北岳文艺出版社 2002 年版，第 305 页。
③ 沈从文：《沈从文全集》第 27 卷，北岳文艺出版社 2002 年版，第 20 页。
④ 同上书，第 21 页。
⑤ 沈从文：《沈从文全集》第 19 卷，北岳文艺出版社 2002 年版，第 305 页。
⑥ 沈从文：《沈从文全集》第 27 卷，北岳文艺出版社 2002 年版，第 22 页。
⑦ 同上书，第 23 页。
⑧ 同上书，第 21 页。

引用可看出，音乐确实使沈从文披上了幻想的翅膀。可以说，楚巫文化和音乐给予了沈从文的出走以潜在的影响，加上现实人事的刺激和外来的诱惑，最终鼓舞沈从文义无反顾地奔向了北京，从此，他的人生翻开了崭新的一页。

二　20 世纪 40 年代沈从文陷入“抽象”的“泥淖”时，音乐带来的施救力量

1938—1945 年，沈从文一直在西南联大工作，长时间生活在昆明近郊的农村。在这里，因对当时混乱国事和时事的抽象思考而陷入了困扰当中。为避空袭，沈从文一家常住乡下五年，几乎处于与外界隔绝的状态，但通过通信联系，沈从文还是再一次触摸到了死亡的气息。26 岁的小表弟黄育照，一个通信连连长，在同日军作战中，为掩护部属抢渡，在华容阵亡；为写文章讨经验，随部队转战各地六年的表弟聂清，也在洞庭湖边牺牲了。还有个做军需的子昭，在嘉善作战不死却在这一次牺牲……万千中国青年因战争送掉了性命。有战争就会有死亡，“可是在接受分定上，希望和梦总不可免会破灭。或死于敌人无情炮火，或死于国家组织上的弱点，二而一，同样完事。这个国家因为前一辈不大振作，自私而贪得，愚昧而残忍，使我们这一代为历史担负那么一个沉重的担子，活时如此卑屈而痛苦，死时如此胡涂而悲惨”①。而且，当时的时事又是那样的颓废和残酷，有初入社会的年轻人与现实生活对面时感到的灰心失望，有中年人在诚实工作中接受一份寂寞报酬所感到的郁郁不平，还有国家政事的萎靡不振作……

面对眼前这一切虚空，沈从文从这十年前后的联结里，看到了民

① 沈从文：《沈从文全集》第 12 卷，北岳文艺出版社 2002 年版，第 158 页。

族中因循堕落的因子，及其传染浸润的连环。将眼前河山的丰腴与美好，与人事上无章次两相对照，从这个无剪裁的人生中，他似乎触到了“堕落”二字的真正意义。

长时间在抽象人生之域探寻，在一大堆抽象法则中思索，沈从文感到十分疲劳，有点茫然自失、无所适从，他不知如何去排遣内心的苦闷和焦虑，“由于外来现象的困缚，与一己信心的固持，我无一时不在战争中，无一时不在抽象与实际的战争中，推挽撑拒，总不休息”①。此时写作的《绿魇》《烛虚》《潜渊》等篇什，就是沈从文陷入对生命的抽象思考和具体感受之间的泥淖里苦苦挣扎、难以自拔之境地的见证。茫然、疲倦，想抓住什么却什么也抓不到，头脑里的思索止不住，仿佛正朝疯狂奔去。更甚的是，此时的他“我想呼喊，可不知向谁呼喊”，他似乎触摸到了中外历史上一些著名文学家为何会发疯或自杀的心灵，起了一点“厌世”的念头。而这时，又是音乐，给予了他莫大的安慰和施救力量。在《绿魇》第三部分“灰”里，沈从文三次谈到音乐，每一次几乎都是祈求，“给我一点点好的音乐，巴哈或莫札克，只要给我一点点，就已够了。我要休息在这个乐曲作成的情境中，不过一会儿，再让它带回到人间来……”② 后来，他又对张兆和说：“我需要一点音乐，来洗洗我这个脑子，也休息休息它。普通人用脚走路，我用的是脑子。我觉得很累。音乐不仅能恢复我的精力，还可以缚住我的幻想，比家庭中的你和孩子重要”③；文章最后，又说，“音乐对于我的效果，或者正是不让我的心在生活上凝固，却容许在一组声音上，保留我被捉住以前的自由”④。

---

① 沈从文：《沈从文全集》第12卷，北岳文艺出版社2002年版，第39页。

② 同上书，第151页。

③ 同上书，第155页。

④ 同上书，第156页。

于是，他耳边仿佛真的响起了一种乐音，使他获得了心灵的和谐与肃默。在静穆庄严的乐音当中，沈从文似乎找到了国家、民族和个人“命定的悲剧性”的疗救方子，“眼前的许多事实，虽不免令人失望，民族及人类未来的远景却不会让人灰心，‘时间’将会对此作出证明”[①]，“唯一的医药还是‘时间’。时间使一个时代的人类污点也可以去尽，让时间治疗一下你这个人为失去了‘主人’、因理性与感情的自由而发生的痛苦”[②]。至此，沈从文的内心渐渐平和下来，音乐发挥了它神奇的力量。

三　在1949年沈从文精神濒临崩溃时，音乐施与他的巨大疗救作用

1946年沈从文重回北平之后不久，内战爆发。沈从文反感战争，他在天津《益世报》文艺副刊《〈文学周刊〉编者言》中，在《一种新希望》《从现实学习》等文章中，阐明了对这场战争的思考，在他看来，这场战争是“悲剧性质”的，它无所谓是与非、正义与非正义，本质是“非理性”的，源于“权力争夺”。沈从文也反对文学与政治结缘、文学与商业结缘，认为这样会导致文学的“清客化”与文学的“商品化”，此种观点在1936年的京沪之争中就明确表示过。沈从文对现代政治极端不信任，不依附国、共任何一方，认为国家应由一批掌握各种“专门技能”的“智识人士”来管理掌握，方始有新兴的希望。因为这些看法与主张，1948年，一场逐渐加强的风暴降临到沈从文头上。他被看做是“高唱与抗战无关”论、“反对作家从政”论的代表；被视为“袭起一个悲天悯人的面孔，谥之为

① 凌宇：《沈从文传》，北京十月文艺出版社2003年版，第322页。

② 沈从文：《沈从文全集》第17卷，北岳文艺出版社2002年版，第182页。

‘民族自杀的悲剧’，把我们的爱国青年学生斥之为‘比醉人酒徒还难招架的冲撞大群中小猴儿心性的十万道童’，而企图在‘报纸副刊’上进行其和革命游离的新第三方面，所谓‘第四组织’”的代言人——是“自命清高而不甘寂寞”[①]。而且，1948 年 1 月，沈从文在《大公报》发表了为“纪念熊希龄逝世 10 周年”而写的一篇文章《芷江县的熊公馆》，文章回忆了自己青年时代以亲戚身份做客熊公馆时的所见所闻所感，详尽地描述了熊公馆的形制、陈设，熊希龄参与维新变法及出任国民政府总理的史迹和人格。由于文中肯定了熊希龄及其母亲的人格，文章甫一发表即受到严厉的批判，被认为是“粉饰地主阶级恶贯满盈的血腥统治”，是“典型的地主阶级文艺”，而沈从文则是延续“清客文丐的传统”的“奴才主义者”和“地主阶级的弄臣”，是《鸿鸾禧》里的穆季、介于二丑与小丑之间的“三丑”“清客文丐”[②]，最后，沈从文竟还被界定为“桃红色文艺”的作家，“他的全部文学活动一直有意识的作为反动派而活动着”[③]。在北平和平解放前后，北京大学一部分进步大学生在教学楼上又挂出“打倒新月派、现代评论派、第三条路线的沈从文”的标语，对他发起激烈的批判；1949 年 7 月召开的全国第一次文学艺术工作者代表大会，沈从文被视为“反动派”而“靠边儿站”，“有种空洞游离感起于心中深处，我似乎完全孤立于人间，我似乎和一个群的哀乐全隔绝了”[④]。面对这一切，沈从文内心不平又无从诉说，他忧心忡忡，神色不宁。心中的那个结无论如何解不开，他开始足不出户，整天关

① 郭沫若：《斥反动文艺》，香港《大众文艺丛刊》第 1 辑，1948 年 3 月 1 日。

② 冯乃超：《略评沈从文的〈熊公馆〉》，香港《大众文艺丛刊》第 1 辑，1948 年 3 月 1 日。

③ 郭沫若：《斥反动文艺》，香港《大众文艺丛刊》第 1 辑，1948 年 3 月 1 日。

④ 沈从文：《沈从文全集》第 19 卷，北岳文艺出版社 2002 年版，第 42 页。

在房屋里胡思乱想，将一切人看作敌人。“世界在动，一切在动，我却静止而悲悯的望见一切，自己却无分，凡事无分。我没有疯!”“什么是我？我在何处？我要什么？我有什么不愉快？我碰着了什么事？想不清楚”，“我想喊一喊，想哭一哭，想不出我是谁，原来那个我在什么地方去了呢?”[①]“我应当休息了，神经已发展到一个我能适应的最高点上。我不毁也会疯去”[②]，“理想与事实对面，神经张力逾限，稳定不住自己，当然会发疯，会自杀”[③]。在高度的紧张与自恐自吓下，沈从文的神经承受不了这没完没了的强大张力，理智开始迷乱，终于，他用小刀割开了自己的血管。

沈从文被抢救了过来，但“哀莫大于心死”，他说自己的生命，“正如一个乐章在进行中，忽然全部声音解体，散乱的堆积在身边”[④]，“这一堆零散声音，任何努力都无从贯串回复本来”[⑤]。真正引导沈从文走出疯狂和死亡阴影的是音乐和宗教（尤其是佛教，因为篇幅关系，此处不对宗教因素赘述）。在他的日记和文章中，我们可看到正是音乐在沈从文随后的精神康复过程中发挥了不可替代的巨大疗救作用。贝多芬、莫扎特、巴赫都是极度孤独的，他们在各自的音乐世界里理解自己、安慰自己。沈从文从这些大师如“子宫般宁静”的音乐中找到了同感。这段时间，他不断听贝多芬、莫扎特、肖邦、柴可夫斯基的交响乐，听《卡门前奏曲》《蝴蝶夫人曲》《茶花女曲》等名曲。[⑥]“我似乎是从无数回无数种音乐中支持了自己，改造

① 沈从文：《沈从文全集》第19卷，北岳文艺出版社2002年版，第43页。
② 沈从文：《沈从文全集》第14卷，北岳文艺出版社2002年版，第456页。
③ 沈从文：《沈从文全集》第12卷，北岳文艺出版社2002年版，第37页。
④ 沈从文：《沈从文全集》第15卷，北岳文艺出版社2002年版，第213页。
⑤ 同上书，第213—214页。
⑥ 沈从文：《沈从文全集》第19卷，北岳文艺出版社2002年版，第42页。

了自己，而又在当前从一个长长乐曲中新生了的”[①]，“音乐帮助了我”[②]，“唯一熟习的，是每天可从一座旧收音机听听悲多汶或其他曲子，这些声音帮助我可真大，真……”[③] 在1949年9月20日致张兆和“写了个分行小感想，纪念这个生命回复的种种”的《从悲多汶乐曲所得》中说道：“音乐实有它的伟大/即诉之于共通情感/比文字语言更公正，纯粹/又充满人的友爱和至情/它使我明朗朗反照过去”[④]，“音乐比一切飘渺，却也比一切/更具强大启示与粘合”[⑤]，“如何进而成为连续的旋律与节奏/心中十分柔和，与世谐和而谐同”[⑥]，“我深深懂得一章乐曲对于/一个成熟生命所施的深刻教育”[⑦]，“在乐曲的发展梳理中/于是我由脆弱逐渐强健了，正常了，单纯了”[⑧]。同日致张兆和的信开头就说：“你和巴金昨天说的话，在这时（半夜里）从一片音乐声中重新浸到我生命里，它起了作用……说这个，也只有你明白而且相信的”[⑨]。在事后所写的《关于西南漆器及其他》中回忆说：“唯有音乐能征服我，驯柔我。一个有生命有性格的乐章在我耳边流注，逐渐浸入脑中襞折深处时，生命仿佛就有了定向，充满悲哀与善良情感，而表示完全皈依。音乐对我的说教，比任何经典教义更具效果。也许我所理解的并不是音乐，只是从乐曲节度中条理出‘人的本性’。一切好音乐都能把我引带走向过去，走向未来，而认识当前，乐意于将全生命为当前平凡人生卑微哀

---

① 沈从文：《沈从文全集》第19卷，北岳文艺出版社2002年版，第55页。
② 同上书，第54页。
③ 同上书，第398页。
④ 沈从文：《沈从文全集》第15卷，北岳文艺出版社2002年版，第222—223页。
⑤ 同上书，第222页。
⑥ 同上书，第219页。
⑦ 同上书，第220页。
⑧ 同上书，第221页。
⑨ 沈从文：《沈从文全集》第19卷，北岳文艺出版社2002年版，第54页。

乐而服务”[①]。“只有一件事给我生命以力量和信心回复，即仅具启发性的音乐。为的是一切伟大乐章的组成，不是传统观念的强迫，却反映作曲者对于生命或情绪所作的自由解释”，“这个心或生命，若与观念教育有关连，而受抚慰得平复的过程，又和音乐交替反应关连，就可知音乐教育我，实在比任何文字书本意义都重大得多”[②]。最后，他总结说：“在把一只大而且旧的船作调头努力，扭过来了”，“但大体上已看出是正常的理性回复”[③]，“乐曲给我生命以浣濯”[④]，“它分解了我又重铸我，已得到一个完全新生!”[⑤]

之所以连篇累牍、不厌其烦地引征材料，就是为了确证音乐在疗救沈从文受损的心灵及帮助他走出心理阴影、走上健康生活的过程中所起到的全方面精神愈合作用。贝多芬说过：“音乐尽管变化多端，它归根到底是精神生活与感官生活之间的调解者”，黑格尔同样说过：“音乐是一种能使灵魂获得自由和解放、缓和最酷烈悲剧命运的手段”[⑥]，肖斯塔科维奇也有过类似的表述：“音乐使人从内心感到透彻，音乐也是人的最后希望和最终避难所。”[⑦] 尼采断然论定：“没有音乐，生命是一个错误，是一种苦难，是一种流放。”[⑧] 我们的祖先在两千多年前的《左传》《乐记》中就阐述过音乐对调剂人的和谐生活以及增强身体健康方面的极好作用。[⑨]

---

① 沈从文：《沈从文全集》第27卷，北岳文艺出版社2002年版，第21页。

② 同上书，第22页。

③ 沈从文：《沈从文全集》第19卷，北岳文艺出版社2002年版，第54页。

④ 沈从文：《沈从文全集》第15卷，北岳文艺出版社2002年版，第234页。

⑤ 同上书，第222页。

⑥ 鲁成文：《慰藉·救赎·解放——古典音乐之声》，中国人民大学出版社2004年版，第188页。

⑦ 同上书，第80页。

⑧ 同上书，第67页。

⑨ 同上书，第60页。

一代文豪莎士比亚在这方面深有感触，他说："音乐是整个宇宙和谐的守护神"[1]，好的音乐是人生体验的升华和思想感情的流露，往往能使人心情愉悦，可以使人感受到人生的美，体验到美好事物对人生的意义，从而培养一种广阔而平和的胸襟。按现代音乐审美心理学的解释，欣赏者与音乐音响作品交流具有双重品格。一方面，在聆听音响作品时，欣赏者通过音乐音响作品与作曲家的生命情态产生了交流；一方面，在聆听音响作品时欣赏者同时又与音乐音响作品的演绎者的生命情态产生了交流。在双重交流过程中，欣赏者会根据自身所处的历史视域，对音乐音响作品作出符合自身历史视域的，以及符合自身生命文化意识的，富有个性的、创造性的阐释。这些富有个性的、创造性的阐释，将会影响欣赏者的终极心理活动，从而使其获得源源不断的文化、精神生命力。[2] 我们不禁慨叹，沈从文在欣赏贝多芬等人的交响乐时，不知从中汲取了多少精神的力量，从而"扼住命运的咽喉"（贝多芬语）[3]，从极度困难中挺立了过来，重新燃起了对生活的希望，并收获了心灵的宁静与肃穆。

音乐的作用何其伟大！

第二节　叙述方式上的音乐性特征

沈从文"看不懂乐谱，可能简谱也读不清"[4]，可他一生却与音乐深深结缘。如前所述，音乐在沈从文人生的三个关键阶段都起到了

---

① 转引自李岚清《音乐艺术人生——关于〈音乐笔谈〉的讲座》，高等教育出版社 2006 年版，第 91 页。

② 黄汉华：《抽象与原型——音乐符号论》，上海音乐学院出版社 2004 年版，第 49 页。

③ 转引自李岚清《音乐笔谈——欧洲经典音乐部分》，高等教育出版社 2004 年版，第 77 页。

④ 黄永玉：《平常的沈从文》，《书屋》2000 年第 1 期。

重要的作用。特别是在1949年沈从文精神几近崩溃的时期，正是音乐给他提供了一个心神憩息的港湾与灵魂依靠的家园，让他最终挺过了那段艰难岁月。

音乐不仅在沈从文的人生旅途中发挥了极大的作用，而且施与他的作品以深刻的影响。世人想不到的是，他的作品集取名为“习作选”竟与音乐有干系，“还看到不少大师的名乐章标题都叫作‘练习曲’，证明我们搞创作卅年，还把集子叫做‘习作’是有同感的”①。他始终认为，“表现一抽象美丽印象，文字不如绘画，绘画不如数学，数学似乎又不如音乐”②。他的众多作品都有着明显的音乐性特征，“试用爱美术和音乐的方式来写作，虽可收到一点点不同效果”③，“而自书本上，我从佛道诸经中，得到一种新的启示，即故事中的排比设计与乐曲相会通处。尤其是关于重叠、连续、交错，湍流奔赴与一泓静止，而一切教导都融化于事件‘叙述’和‘发展’两者中”④。因此，本章拟通过梳理沈从文作品与音乐的关系，揭示出其创作上叙述方法的音乐性特征。

叙述方式一般分为“讲述”和“显示”两种，以何种为主因作家而异。而所谓“音乐”的叙述方式，就是使作品“显示”出一种形式上流动不居之音乐美的叙述方式。⑤ 音乐是“流动的建筑”，音乐是通过音响结构的流动来表现人的情感的。具体地说，音乐是以节奏的疏密、旋律的走向与和声的进行，以及配器的浓淡来展示人的情

① 沈从文：《沈从文全集》第23卷，北岳文艺出版社2002年版，第160页。
② 沈从文：《沈从文全集》第12卷，北岳文艺出版社2002年版，第25页。
③ 沈从文：《沈从文全集》第27卷，北岳文艺出版社2002年版，第27页。
④ 同上书，第25页。
⑤ 韩立群：《沈从文论》，天津人民出版社1994年版，第318页。

感变化过程的。[①] 沈从文则以流动的叙述角度、进程中的人事叙述和开放式的结尾设计及疏密相间的叙事节奏进而完成作品情节的构筑和情感的表达。

一 流动的叙述角度

音乐家是以流动不居的视角来创作、处理和看待自己作品的，因此，他们的作品便生生不息、充沛淋漓。沈从文借鉴音乐家的视角来观照自己心爱的湘西，观照现实世界，现实便成为宇宙人生的自然流程，其外观是永无休止的流动，内涵是自然和生命在冲突与平衡中发展的过程。沈从文曾对徐志摩那富有音乐性的创作给予如许评价："作品给我的感觉是'动'，文字的动，情感的动，活泼而轻盈，如一盘圆台珠子，在阳光下转个不停，色彩交错，变幻炫目。"[②] 将这段话用来说明沈从文的创作及读者的感受则同样贴切。沈从文作品的叙述角度极其丰富多样，但"流动性"是其共性。构成流动性的要素是：

（一）时间的流注。沈从文的小说往往从"时间"入手进行叙述，以时间的流注来构筑小说，显示宇宙人生、物事人事的自然流程。有的小说，题目本身就显示了时间的流动性，如《春》《春天》《秋》《冬的空间》《白日》《节日》《黄昏》《黎明》《早上》《晨》《黑夜》《初八那日》《雨后》《长夏》《除夕》《元宵》《十四夜间》《七个野人与最后一个迎春节》《逃的前一天》《新与旧》等。有的小说，如《神巫之爱》，则直接着眼于时间的流程来叙述小说，如文中的小标题"第一天的事""晚上的事""第二天的事""第二天晚

① 李岚清：《音乐艺术人生——关于〈音乐笔谈〉的讲座》，高等教育出版社2006年版，第35页。

② 沈从文：《沈从文全集》第16卷，北岳文艺出版社2002年版，第258页。

上的事”“第三天的事”“第三天晚上的事”。而在《新与旧》中，小说更是以两个刀削斧砍般的时间刻度“光绪……年”和“民国……年”之间的流动对比来叙述人事。

在沈从文的大部分小说中，时间流注往往通过一个由自然构成的物境变化来显示。而且，作者有意将这种物境变化与“人心”或“人事”的发展相融合，从而形成作品上一种鲜明的“动境”。此种“动境”，细化到具体的小说中，有两种显现态势。

其一表现为物境与心境的融合。如《龙朱》和《阿黑小史》，都着力叙写男主人公在等待爱情降临过程中的心理状态。为熬过这一段时光，每一天甚至每一分钟的进展都会引起他们心灵和官能的关注。白耳族王子——龙朱，未遇到心上人之前是“觉得寂寞”“更多无聊”；而邂逅到意中人——黄牛寨主女儿之后，是“失神失态”“度日如年”。《阿黑小史》中的五明，与阿黑两情相悦时，心情畅快；婚前是急不可耐；发生变故后，为情所“癫”。两篇小说多处点写（《阿黑小史》至少有上十处）时间流注在人物心理上引起的敏锐感触，显示的是人心流程，也是时间流程，“人心”的动和“自然”（随时间变化的物境）的动融合为一，形成流动不居的音乐美。这一点在《逃的前一天》《看虹摘星录》等作品中也体现得非常明显。而沈从文为“纪念姐姐亡儿北生”而作的小说《静》更是将物境与心境的有机融合推到了极致。《静》紧扣一个“静”字，围绕“春天日子是长极了”的时间限定，从“天上白白的日头慢慢的移着，云影慢慢的移着”到“日头十分温暖，景象极其沉静”再到“日影斜斜的，把屋角同晒楼柱头的影子，映到天井角上”①，让小主人公女孩岳珉的微妙心事巧妙地随着时间流动时而若止水般宁静，时而泛起小

① 沈从文：《沈从文全集》第7卷，北岳文艺出版社2002年版，第219、220、228页。

波小澜，物境、心境天人般合一，让人叹为观止。

其二表现为物境与人事的融合。《黄昏》《菜园》可以为代表。《黄昏》写黄昏向黑夜演进的时间流程，时间流注是以物境变化显示的。开始是“日头将落下那一片天空，还剩有无数云彩，这些云彩阻拦了日头，却为日头的光烘出炫目美丽的颜色”，接着是“各个人家黑黑的屋脊上小小的烟突”，“等到黄昏时节，便如帷幕一样，把一切皆包裹到薄雾里去”，最后是“天上红的地方全变为紫色，地面一切角隅皆渐渐的模糊起来，于是居然夜了”①。小说以物境变化显示的时间流程与监狱残害无辜生命的人事流程相融合，便形成黄昏向黑夜演进的颇具象征意味的动境。《菜园》以春、夏、秋、冬四时的物境变化显示时间流程。与之相应的是玉家菜园兴衰存亡的人事变迁。由此构成一种具有浓郁悲悯感的动境。

（二）空间的流注。空间的流注在沈从文的“湘西作品”中体现得最为典型。在《从文自传》《长河》《湘行散记》《湘西》等作品中，作者如同一个老练的导游，拉着读者同坐在一只飘曳的小船上，沿着沅水、醴水流域游览巡历湘西这片神奇土地上的自然景物和风土人事。这些作品所描写的人事背景都是一条沅水流经的湘西，作者对人事的叙述都是依江水流动、空间置换的角度而行进。《湘行散记》以还乡历程为“线”，以小船停泊处为“点”，点线相连，徐徐展开一幅幅湘西风情画。“线”延展的是长度与宽度，“点”开掘的是深度与力度。作品以“我”的还乡路线为中轴，“我”从常德乘车至桃源买舟上行，经沅陵，过辰州，穿越无数急流长滩，目睹大小数十码头，最终抵达出生地凤凰。随着一个个小船停泊地渐次出现——桃源、鸭窠围、杨家咀、箱子岩、辰溪、泸溪、辰州……这“点”与

① 沈从文：《沈从文全集》第7卷，北岳文艺出版社2002年版，第418、419、427页。

“点”的累积乘加、互通互融，终于缀珠成链，片羽成翼，叠阁成楼。于是，湘西的山河岁月，人伦物态，风情流转，如锦屏彩幛，纤毫毕现地呈在每个读者视野中。

而《湘西》则以地理方位的迁移——由边缘向纵深转换为叙述线，将常德、沅陵、辰州直至湘西腹地凤凰连成一体。前后次序虽与《湘行散记》相同，但幅员要辽阔得多，远远越出了沅水两岸。每个“点”的切入视角又以彰显地方特色为重点：从常德的“船”，沅陵的“人”，白河流域的“码头”，泸溪、辰溪、浦市、箱子岩的风俗遗存，到辰溪的“煤”，沅水上游的民情物产，以及关于凤凰苗人“放蛊”“赶尸”“落洞”等神秘传闻……一一写来，全方位多层次地介绍了湘西近二十县的历史沿革和现实状况。

《长河》更是着眼于空间的变换，从不同角度不同距离，摄取生动的自然和人生画面，立体地呈现水边儿女的人事命运。小说开头以鸟瞰的镜头，对辰河沿岸的“人与地”作了时间与空间全方位的介绍；接着便把镜头拉近，对辰河中部小口岸“吕家坪的人事”“橘子园主人和一个老水手”作了中景描绘；进而将镜头拉到眼前，对萝卜溪滕家橘子园里“摘橘子”、枫木坳“众人的议论”及吕家坪的“社戏”作了近景特写，从而使作品在整体的叙述上显示出一种如画如乐般的灵性灵动。

在文本内部的细微层面上，沈从文的许多作品也体现出空间流注的特点，《柏子》可为代表。当主人公柏子处于“船上”这个空间时，小说展现的是一幅江边码头的全景；当柏子所处的空间位置从船上转到江边小街的吊脚楼上时，呈现的则是吊脚楼的外观及在楼内柏子与土娼调情的画面；当空间由吊脚楼再一次转回到船上后，读者看到的又是船夫们在船上的情景。随着空间位置的不断变化，整个作品便呈现为数个场景连接转化的流动画卷，如电影镜头般播放出来。其他如《边城》的第一章和第二章对边地小城“茶峒”的介绍，也依空间的转换写得有如水银泻地般赏心悦目。《黔小景》《过岭者》《山道中》《小砦》《凤子》及《还乡》《丈夫》等篇目也都由角度、远近不同的镜头所组成。

（三）生命的流程。沈从文注重对生命本相的表现，特别关注着乡下人生老病死的生命自然流程。乡下人的生命流程是自在、自然而朴素的。在沈从文笔下，湘西的小孩子如此度日：“正月，到小校场去看迎春；三月间，去到城外放风筝；五月，看划船；六月，上山捉蛐蛐，下河洗澡；七月，烧包；八月，看月；九月，登高；十月，打陀螺；十二月，扛三牲盘子上庙敬神；平常日子，上学，买菜，请客，送丧”①，生命是如许自适自然，就如同河水般默默流淌。他笔下的萧萧、三三、翠翠、阿黑们，生命的流程波澜不惊，平实而普通地度过她们生命的每一天。在展示生命的自然流程方面，沈从文不但以生命的必然归宿显示自然规律所决定的个体生命的生灭过程，而且以生命的生灭无常构成一种流动不居的动境。《初八那日》中的锯木人七老、《一个大王》中土匪出身的弁目、《传奇不奇》中吹唢呐的中砦人、《菜园》中的玉家青年夫妇、《节日》和《黄昏》中无辜犯人等的横死；《石子船》中的八牛、《边城》中的天保、《船上岸上》中的叔远、《记陆弢》中的陆弢等的被淹死；《三三》中的白脸青年、《旅店》中的纸商、《阿黑小史》中的阿黑、《爹爹》中的医生儿子等的暴病而死。这些人物的死，以突如其来的偶然性，显示出生命生灭无常的自然运行规律，给人以流动感。

而且，沈从文善于表现生命的抽象流程，追求生命的永生意识，

① 沈从文：《沈从文全集》第1卷，北岳文艺出版社2002年版，第269页。

从而使生命形式成为永恒。在创作中，他借助具有象征性的音乐，以修辞的方式来表现这种生命的抽象流程。在《烛虚》中，他写道："也有人仅仅以抽象产生一种境界，在这种境界中陶醉，于是得到永生快乐的。我不懂音乐，倒常常想用音乐表现这种境界。"① 在《生命》中，又这样表述："我正在发疯，为抽象而发疯。我看到一些符号，一片形，一把线，一种无声的音乐，无文字的诗歌"，"虚空寂静，读者心灵中如有音乐。虚空明兰，读者灵魂中却光明净洁"②。这是由具象的现象世界向抽象的观念世界的突入，使个体生命由此脱出生灭无常的羁绊，从永恒的宇宙本体中获得永生的快乐。这是沈从文追求的理想生命形式，一种自为的生命形式。

二　进程中的人事叙述、开放式的结尾设计

音乐是依靠不间断的乐音行进，在进程中叙述事件、记录思想、表达情感。沈从文的作品也专注于写事件、人物处于发展中的进行状态，并形成一种开放式的结尾。在事件方面可以《边城》为代表。《边城》叙写的是乡村小儿女翠翠同傩送、天保之间的爱情纠葛，故事一直在矛盾不断发生、解决、再发生的冲突模式中行进。翠翠暗地喜欢上二老傩送，却偏偏在第二个端午节让大老天保撞见，由此天保加入情爱竞争，此处是一波。接着中寨人为傩送保婚，团总女儿也加入这场情感纷争。情节进展中，傩送拒绝了团总女儿"碾坊"的诱惑，天保"走马路"及"走车路"（对歌）双双失败，赌气"下桃源"被淹坏，这是一折。本来矛盾看似解决，可傩送出于对老船夫做事"弯弯绕绕"的误会，与父亲船总顺顺"吵了一架"后"驾船出走"，这又

① 沈从文：《沈从文全集》第12卷，北岳文艺出版社2002年版，第24页。

② 同上书，第43页。

是一转。最后，翠翠在爷爷安息后，在渡口等待傩送归来，小说结尾是“这个人也许永远不回来了，也许‘明天’回来”，故事到此还未完结，如一曲动人的乐曲，结束后还余音袅袅，弥久不散。此外，小说《柏子》写水手柏子与河边妓女的一夜情、《丈夫》写乡下丈夫“找”回船妓妻子、《萧萧》写童养媳萧萧的命运，都是在不间断的行进中叙写，且都是仅仅写到了生活长流中的一个小横断面，故事并没有到此终结，作者还为读者留下了一个关于“未来”的臆想。

在人物性格方面，《虎雏》和《虎雏再遇记》较为典型。《虎雏》刻画了一个来到都市之中的虎雏，《虎雏再遇记》再现了一个回归到乡野之中的虎雏，作者都在用“发展着”的笔墨塑造着一个既定型又未定型的虎雏。定型的是主人公那强悍粗犷带有野性的湘西人性格，一成不变；未定型的是主人公的生活环境与接触的人事、面对的多变世界。两篇作品中的虎雏都是未来未定，让人难以捉摸。《虎雏》中的虎雏悄然消逝于茫茫人海，不知去向；《虎雏再遇记》中的虎雏还是那个“小豹子”，在暴打那个蛮横军人后，作者潜意识里也在忧虑这样性格的人在如今的湘西还有多少，还能坚持多久，还能不能在这个社会中持续下去。

如上所述，进程中的人事叙述，加上开放式的结尾，沈从文给读者提供了一种如音乐般行进的小说。

三　音乐般的节奏安排

沈从文的作品如音乐般优美，在其作品内部节奏的控制安排上也如音乐般绽放。“你喜欢音乐没有？写短篇懂乐曲有好处，有些相通地方，即组织”①，“特别是几本书，一些短篇，其中即充满乐曲中的

---

① 沈从文：《沈从文全集》第19卷，北岳文艺出版社2002年版，第109页。

节奏过程”[①]，“即如懂画的布局敷色，懂音乐的节奏美……在意想不到启发中，形成许多结构新巧感人灵魂的大小篇章”[②]。《市集》这部前期的小作品即充满“乐曲中的节奏过程”。《市集》是一篇散文，散文的特点是形散而神不散，内部脉络不易控制和把握。沈从文将音乐“空灵流动”的节奏特点引进这部作品，并贯穿至整部作品。作者紧紧抓住“市集”的“流动”特点，以“流动”来安排布置全篇。打开《市集》，迎面而来的首先是人群的流动。赶场人“去去来来”，川流不息，“他们她们半路上由草鞋底带了无数黄泥浆到集上来，又从场上大坪坝内带了不少的灰色浊泥归去”。在人群流动的基础上，作者再辅以声音的流动。集上“一般做生意人在讨论价钱时每个很平和的论调”，夹杂着“卖牛的场上几个人像唱戏黑花脸出台时那么大嚷大喊找经纪人”的嘈杂声，也有“因秤上你骂我一句娘，我又骂你一句娘，你又骂我一句娘”的对骂声，喧嚣的起伏像“滩水流动”，“如洪壮的潮声”。最后，作品再落脚于市集的聚散。聚时人群从四面八方涌来，散时人群又向四面八方归去，场上顿成空寂，“除了屠桌下几只大狗在啃嚼残余因分配不平均的原故在那里不顾命的奋斗外，便只有由河下送来的几声清脆篙声了”[③]。

在《志摩的欣赏》中，徐志摩是这样评价《市集》的：“这是多美丽多生动的一幅乡村画。作者的笔真像是梦里的一只小艇，在波纹瘦鳒鳒的梦河里荡着，处处有着落，又处处不留痕迹。这般作品不是写成的，是‘想成’的。”[④]“处处有着落，又处处不留痕迹”这个艺术技巧就是由飘忽不定而又动感十足的作品内在节奏的“动”完

① 沈从文：《沈从文全集》第19卷，北岳文艺出版社2002年版，第178页。

② 沈从文：《沈从文全集》第21卷，北岳文艺出版社2002年版，第391—392页。

③ 沈从文：《沈从文全集》第11卷，北岳文艺出版社2002年版，第45、45—46、47页。

④ 同上书，第49页。

成的。一个贯穿全文的节奏上的“动”，就解决了这篇散文结构安排上的难题，而且是恰到好处。

沈从文作品音乐般的节奏安排最明显地体现在叙事节奏上的疏密相间的讲究与构设。

沈从文的作品氤氲着一种平和自然的韵调。这种韵调是由叙事中疏密相间的节奏构成的，就如同音乐中徐急徐缓的节拍。所谓叙事的疏密相间，是指在紧张的人事叙述中有意识地加入轻松的自然景物的描写。这是沈从文喜欢的叙事方式。如《雪晴》系列在惨痛酷烈的人事展示前有静谧祥和的景象描绘。《小砦》在写小黑子、鼻涕虫、桂枝等乡下人的悲苦生命时，先有“引子”中如诗如画的风景呈现。《腐烂》在展览上海闸北下等人悲惨的众生相中时而穿插风物俗貌的描写。《凤子》《阿黑小史》《长河》等中长篇小说更是将风情风景与人事叙述有机融合，浓淡相间，疏密适宜。最典型的是《菜园》《边城》。《菜园》将发生在玉家母子身上的惨痛命运与菜园内外的幽静景象结合得恰到自然。而《边城》更是以含着淡淡哀愁的人事片段与一系列明净清爽的自然风俗画面相互交织、镶嵌而成，人事的变迁、心事的变化都伴随着景物的随步换形，作者如同电影大导演的手笔，让读者时而紧张，时而放松，将节奏控制得收放自如。

沈从文的高足汪曾祺也深得其师真传，解得个中三昧，其《受戒》《大淖记事》何尝不是将此种技法运用得出神入化。此外，沈从文的其他小说，如《夜渔》《船上岸上》《三三》《春》《静》《泥涂》《旅店》《七个野人与最后一个迎春节》等都具有同样的特征。他的散文如《湘行散记》《湘西》实虚互动、动静相糅、明暗相织、远近相依，在叙事节奏上的疏密相间特征就更明显。

马利坦认为，音乐的激动是作家在审美活动中捕捉到的一种源泉状态的最初旋律，“它没有语词，没有声音，耳朵听不见，只有心灵能感受它”[①]。但随着诗性直觉的推进，随着明晰的意象和情感逐渐被激活，这种无声无形的节奏同旋律将从意识深处破土而出，渗透到文本中即是描写叙事的内在旋律性。这种内在旋律性即沈从文作品的音乐性。由于叙述上的这种音乐性诉求，沈从文的作品具有了魔性，酝酿着魔力，散发出魔味。

第三节　叙述结构上的音乐性特征

不计其数的文学家都曾对音乐的描情叙景抒发了自己的感动和启示，甚至都认为音乐是自己作品的一部分。典型如罗曼·罗兰，他的小说结构浸透着音乐的素质，字里行间飘掠着透明而又缤纷的音乐色彩，《约翰·克利斯朵夫》干脆被人称为“音乐小说”。音乐具有超越语言的永恒奥秘。罗曼·罗兰因此写道：“音乐是比一切智慧、一切哲学家都高的启示。”[②] 哈代的作品如《德伯家的苔丝》的结构也充满音乐性。

昆德拉开创性地运用音乐思维进行小说创作，音乐发展的逻辑形成了他的小说创作原则，他在着笔写作之前，都会先把每一章节的“速度”和“调式”考虑好。比如，构思《生命不能承受之轻》，他为末乐章设计的是：“必须极弱，缓慢的，一个平静、忧郁的调式，只有少数事件。昆德拉追求的小说对位，也就是小说里面，每条线索关系平等，内有联系，互相交织、对比，形成一个探讨主题思想的有

---

① ［法］雅克·马利坦：《艺术与诗中的创造性直觉》，刘有元等译，生活·读书·新知三联书店1992年版，第215页。

② 肖复兴：《牧神午后·编前言》，福建教育出版社2003年版。

机整体。”[①]

而鲜为人知的是许多科学家也如此相似地描绘音乐，也认为音乐特别是古典音乐影响了他们的创造选择：达尔文说自己至少每周都要听次音乐才能使脑中那些已经衰弱的部分保持它们的生命力；开普勒坚信音乐是天体运动的和谐回声，他干脆把行星第三运动定律谱写到了五线谱上；牛顿把光谱和乐音进行了对比，认为乐音有七个音符，光谱也应只有七种颜色；爱因斯坦在音乐的和谐框架中发展了他的理智梦想。国内一位著名的科普学家曾经断言，世界上没有几个重要的科学家与哲学家是不热爱音乐的。[②]

沈从文在与张兆和的通信中说：“十余年来我即和你提到音乐对我施行的教育极离奇，你明白，你理解。”[③] 音乐不仅多次给沈从文的人生带来神奇的施救力量，而且对他创作的谋篇布局致以特别的影响。他曾在多种场合和各种通信中表白过音乐对他作品结构、组织方面潜移默化的影响，“文字受绘画中颜色影响过大，受音乐中组织影响过深”[④]，“且似乎对于一个乐章过程有相当了解，因此大部分故事，总是当成一个曲子去写的，是从一个音乐的组成上，得到启示来完成的。有些故事写得还深刻感人，就因为我把它当成一个曲子去完成”[⑤]，“我不懂音乐，倒常常想用音乐表现这种境界。正因为这种境界，似乎用文字颜色以及一切坚硬的物质材器通通不易保存。如知和声作曲，必可制成比写作十倍深刻完整动人乐章”[⑥]。

---

① 转引自鲁成文《慰藉·救赎·解放——古典音乐之声》，中国人民大学出版社 2004 年版，第 107、108 页。

② 肖复兴：《牧神午后·编前言》，福建教育出版社 2003 年版。

③ 沈从文：《沈从文全集》第 19 卷，北岳文艺出版社 2002 年版，第 56 页。

④ 同上书，第 305 页。

⑤ 同上。

⑥ 沈从文：《沈从文全集》第 12 卷，北岳文艺出版社 2002 年版，第 24—25 页。

沈从文的创作绵延不断，他的乐思也是丰富多样、绵绵不绝。让人叹服的是，沈从文的文心与乐思是那样的水乳交融、巧妙相通。他的作品不仅在节奏安排、叙述方式上有音乐般的灵动与飘逸，而且，不少作品几乎是完全以音乐的方式来构思、设计和结构，在叙述结构上具有鲜明的音乐性特征。这些作品本身就是一部部美轮美奂的多声部音乐，是优美的复调音乐，是立体多变的奏鸣曲。

一　复调式的作品设计

复调（Counterpoint）是一个音乐术语，它由两段或两段以上同时进行、相关但又有区别的声部所组成，这些声部各自独立，但又和谐地统一为一个整体，彼此形成和声关系。它以对位法为主要创作技法。复调音乐是由若干（两条或两条以上）各自具有独立性（或相对独立）的旋律线，有机地结合在一起（同时结合或相继结合）出现，协调地流动、展开，所构成的多声部音乐。

复调音乐在我国早就存在于民间音乐中。如以西南地区少数民族（侗、瑶、壮、苗、毛南等）为代表的多声部民歌，还有传统音乐中的戏曲、曲艺音乐、宗教音乐和江南丝竹等都存在着大量复调音乐形态（尤其以衬腔式支声复调为多见）。20世纪以来，在东西方文化的交融中，欧洲复调音乐作品及其技术理论体系逐渐传入中国，中国作曲家将这一理论体系与民族音乐文化相结合，创作出许多表现中国社会风貌的作品，形成了自己的新音乐传统。

而首次将音乐中的“复调”概念引入小说理论的是苏联著名文艺学家巴赫金，他在《陀思妥耶夫斯基的创作问题》（1929）中，用“复调”来描述陀思妥耶夫斯基小说中的多声部、对位以及对话的特点。复调在不同的界面，有不同的所指。在文学理论中，复调指的是小说结构上的一种特征。

作为一个20世纪的作家，沈从文一方面从中国传统的多声部民歌中汲取营养，一方面从自己钟爱的西方大量的古典音乐中获得灵感，凭自己对音乐的直觉、敏感与执着，承续陀思妥耶夫斯基的创作路数，很好地在创作中采用了复调这种艺术手法。他说过："手中笔知有意识来使用，一面保留乡村风景画的多样色调，一面还能注意音乐中的复合过程，来处理问题时，是民十七写《柏子》，民十八九写《腐烂》，写《丈夫》，写《灯》和《会明》。"① 这里的"音乐中的复合过程"，实际就是一种复调的结构方法。沈从文是如此坦承音乐复调对五篇作品的影响。但他的明确表述却没有引起研究者的注意或重视。我们来看一看沈从文的这几篇作品是如何体现"音乐中的复合过程"的。

《灯》典型地体现了沈从文小说结构上的复调式特征。《灯》有两条独立的结构线：大的、套在外面的一条是灯的主人"×男子"向一个"穿青衣服底女人"讲述一个"老司务长"同"我"的感人故事，小的、嵌在内里的一条是作为老兵的司务长因"我父亲"的缘故，到大城市来伺候"我"，并在"我"身上做着关于"将军"的梦的荒唐而又平实的故事。如果说外面的结构线是壳，那里面的结构线就是核。一外一内，一壳一核，两条线索镶嵌复合，如同音乐的两条旋律线，既相对独立，又有机结合，协调地流动，彼此构成和声关系，展开成一个多声部的整体。更精彩的是，小说结尾又巧妙地编织叙事的圈套："×男子"在俘获"青衣女人"的心后，又暗示"老兵的故事"可能是一个谎言，由此又形成一条更宏大的结构线。这样，真真假假，虚虚实实，你中有我，我中有你，多声部的复调效果油然而出。

小说《丈夫》也有两条并行不悖的结构线：一条是"乡下丈夫"

① 沈从文：《沈从文全集》第27卷，北岳文艺出版社2002年版，第25页。

进城探妻寻妻的朴素单纯懵懂，一条是作为船妓的妻子——“老七”的身份活动的“城里人”的世故堕落势利。两条线索比照而行，相互掺杂印证，从而构成多声部的音乐“混响”效果，作者的写作意图也就自然显露。

《柏子》其实也暗藏两条线索，一条是水手柏子的“水手”生活，一条是妓女“大奶妇人”的卖笑生涯，两条看似不相干的线却通过相互牵挂的两颗寂寞的心联结到了一起，作品就在这个“联结点”上发力——将柏子与妇人热烈缠绵而又野性十足的“一宿”着力铺排，从而将沈从文对湘西“乡下人”“下等人”“贱民”质朴本真人性的欣赏曝于读者面前。

《会明》也有明暗、主次两条结构线，明线为十年后的现在，会明在军阀军队中无聊又无意义的伙夫生活，此为结构主线；暗线为回忆中的会明参加讨袁革命军的战事生涯，此为结构次线，它隐隐约约镶嵌于主线之间，对主线起着对比、映衬、和声的协律作用。

《腐烂》则更是一部多声部的奏鸣曲，其中有会麻衣相法的斯文人的相面生涯，泼辣凶悍的妇人房东的租房世态，值夜巡警同流浪孤儿的打闹场面，船妓妇人同运粪船夫的对话调侃，一段段活生生的场景在上海闸北贫民区的暗夜中走马灯似的上演，既顺序而进又相互回应，构成一个众生喧哗又各自诉说的故事场域，复调效果显著。

从中国传统的叙事艺术来讲，沈从文的这种结构方式可谓是“明、暗双线法”，在《三国演义》《水浒传》等古典小说中已经运用得很娴熟。在近现代的中外小说中，这种结构方式也是运用得相当普遍。沈从文这些作品的内在结构，不仅仅只是简单的双线结构法，而是构成了一部部丰富的多声部，具有复调效果。当然，这么判断的依据并不只是沈从文的自述，依照笔者的理解，《柏子》《腐烂》《丈夫》《灯》

及《会明》这五篇作品的双线人物及情节具有一种内在的共生、纠缠与对话关系。沈从文有意以复调音乐的效果来结构全篇，使看似简单的情节、卑微的人物、促狭的环境，共生共荣、互辩互驳，形成一种意想不到的对话氛围，达到一种众声喧哗的艺术效果。

二　奏鸣曲式的艺术结构

"奏鸣曲式"（Sonata form）是一种大型曲式，是奏鸣曲主要乐章常用的一种结构形式。它包含几个不同主题的呈示、发展和再现以及特定的调性布局。它的结构由"呈示部""展开部"与"再现部"三大段依序组成。第一部分是呈示部，有两个主题——正主题（主部）、副主题（副部），这两个主题往往是对比冲突的，也可以是对比并置、相辅相成的，都是歌唱性的。第二部分是展开部，也称自由幻想部。就是把呈示部的主题进行对比和展开，使乐思以新的方式不断展开，最后引向第三部分的过渡。第三部分称为再现部。这时主部仍在原调上再现，并通过连接段，使副部在主调上出现，以取得再现部的调性统一。这样的曲式常常表现宏大的构思，反映深刻的哲理，当然也有非常强烈的抒情性和描写性。

（一）《边城》：一曲惊心动魄佚神荡志的奏鸣曲乐章

在音乐作品中，所谓旋律，是按照一定的高低、长短和强弱关系组成的音的线条，是塑造音乐形象、表现音乐内容的最主要的手段。一部音乐作品，无论其结构多么复杂，主旋律必须是鲜明的、清晰的，通过耳朵而直击心灵的，而其他的旋律，不论是变奏还是各种展开，都是为了使音乐在丰富多彩中凸显主旋律。[①] 清晰、明了、优美

① 李岚清：《音乐艺术人生——关于〈音乐笔谈〉的讲座》，高等教育出版社 2006 年版，第 66 页。

的主旋律，对一部音乐作品而言极为重要。把握了主旋律就掌握了一首乐曲的灵魂，一首乐曲的象征、标志。[①]

《边城》恰似一部奏鸣曲式，它的人物关系、情节安排、结构进程都是复杂的，可小说始终有一条清晰的主旋律，即傩送和翠翠的爱情纠葛，这是《边城》情节的核心、灵魂。围绕着这个核心，作品奏响了一支湘西乡村小儿女的婚姻爱情曲。

人们说，音乐和文学存在相融相通的地方，即他们存在的方式都是以时间为单位。听音乐要一个小节一个小节地仔细听，读《边城》也要一小章一小章甚至一页一页地仔细去看。

《边城》共二十一章近十万字，这二十一章就是一个完整的奏鸣曲式。小说的第一章至第三章都为边地小城茶峒的地物风貌、风俗民情、人物人性的巡览介绍，它的节奏是徐缓悠长的，可谓奏鸣曲式的引子或者序奏部分。第四章、第五章才开始进入正题——讲故事，它们可谓是呈示部分。这两章包含了两个主题：正主题（第一主题）即为第四章已萌芽的二老傩送与翠翠的爱情，副主题（第二主题）为第五章通过老船夫之口隐约提议的大老天保与翠翠的婚事。这两个主题为对比冲突关系。

从主题动机的最初呈现到主题动机的发展过程中，音乐会通过扩展、压缩、再现、变化性再现、移调、转调、模进、和声、复调等各种变化发展的手法来表现主题。[②] 作为一个终生酷爱西方古典音乐的作家，沈从文很懂得将音乐的表现原理调入到他的创作中。《边城》的第六章至第十一章为奏鸣曲式的展开部分，也即自由幻想部分。在

① 李岚清：《音乐艺术人生——关于〈音乐笔谈〉的讲座》，高等教育出版社 2006 年版，第 67 页。

② 黄汉华：《抽象与原型——音乐符号论》，上海音乐学院出版社 2004 年版，第 45 页。

这部分里，小说把呈示部的两个主题进行不断的分裂、模进，并在配器、节奏、力度和调性各个方面进行对比和展开。首先，第七章率先展开副主题——天保与翠翠的爱情婚姻，天保借过溪的机会，“这心直口快的青年人”当面向老船夫表达了对翠翠的爱慕。接着，第九章展开正主题——傩送与翠翠的情爱，一个送回酒葫芦的机会使傩送与老船夫有了一番意味深长的对话，并使翠翠同傩送有了第二次的面对面。渡船上，翠翠“斜睨”和“自负”的神态及傩送主动当面邀请翠翠爷俩“一同到我家里去看船”的表述，使正主题进一步发展。紧接着，主题有所分裂，像音乐和弦在调性上离调①，作品第十章突兀地掺进团总女儿携“碾坊”嫁妆加入傩送与翠翠的情爱竞争，情节一转也一新。同时，抓住端午节人多嘴杂、热闹的特点，第十章还巧妙地通过旁人之口，使翠翠偶然听到了“二老喜欢一个撑渡船的”，从而正主题第二次发展。而且，第十章开首利用老船夫端午节“看水碾子”的时机，看碾坊之人——杨马兵受大老之托，开宗明义地向老船夫提出大老与翠翠的婚事，及第十一章船总顺顺派媒人携点心到碧溪岨正式为天保与翠翠的婚事进行提婚，使副主题也得到了第二次展开。

通过展开部分的充分伸展，使《边城》这部奏鸣曲式的乐思以新的方式不断发展，甚至造成尖锐的矛盾冲突，它的情感线也有了多条，作品真正具有了复调、和声及交响乐效果。

一部音乐音响作品的展现就是一个乐音的不断呈现、生长又不断消失的过程，前一个乐音刚呈现就被后一个乐音所否定了，就是在同

① 离调和弦指的是和弦中除了自然音，还有其他变化音的和弦，这类和弦不一定不协合，因为有变化音阶，所以，听起来就有一种“离调”的感觉。在歌曲中使用它，可以令人耳目一新。

一个乐音的持续过程中前面的声音刚呈现出随即就被后面的声音否定了，音乐音响作品的存在，实质上就是乐音的不断呈现、消失和不断地被后继的乐音否定的动力性的展现过程，一旦这种动力性消失了，音乐的展现过程也就停止了，音乐音响作品的实际存在形式也就随之消亡了。[①] 酷爱交响乐的沈从文，懂得该如何去驾驭作品。第十二章至第十九章随即进入乐章的再现部。这时主部仍在傩送、翠翠这对湘西乡村小儿女婚姻爱情的原调上再现，并通过连接段——第十二章傩送与天保当面锣对面鼓地直言心事，即都喜欢翠翠，使副部——天保对翠翠的情爱竞争也在主调上出现。并且，第十二章以兄弟俩商议的走车路方式——共同到碧溪岨对岸的高崖上唱歌求爱，公平竞争，使主部与副部取得了再现部的调性统一。沈从文是编故事的行家里手，他还会去追求情节的曲折变化。音乐要变奏了，调式由堂皇明亮的E大调转为悲痛忧郁的F小调，作品风格由舒缓欢快迅速转向急速沉郁。第十五章天保自认"走车路"对歌求爱失败，抑郁之下驾船下河在茨滩淹坏；第十六、十七章傩送认为老船夫"做作""为人弯弯曲曲，不利索，大老是他弄死的"[②]，从而造成"误会"；第十八章老船夫为翠翠的事来找二老父子，"二老父子方面皆明白他的意思，但那个死去的人，却用一个凄凉的印象，镶嵌到父子心中，两人便对于老船夫的意思，俨然全不明白似的，一同把日子打发下去"[③]；第十八章末段至第十九章开首老船夫与翠翠对送傩送及他家中长年过渡时的谦让，导致傩送"有一点愤愤不平，有一点儿气恼"，"想起他的哥哥，便把这件事曲解了"[④]；第十九章末段船总顺顺"不愿意间接

① 黄汉华：《抽象与原型——音乐符号论》，上海音乐学院出版社2004年版，第46页。

② 沈从文：《沈从文全集》第8卷，北岳文艺出版社2002年版，第134页。

③ 同上书，第136页。

④ 同上书，第139页。

把第一个儿子弄死的女孩子，又来作第二个儿子的媳妇”，由此傩送“同他爸爸吵了一阵”[①]，赌气下了桃源。这一连串的事件暴风骤雨般地接连发生，如音乐中的快板，像白居易笔下的“嘈嘈切切错杂弹，大珠小珠落玉盘”的琵琶声，把读者引向一个急速沉郁的音乐境界。

“和声音乐的整个音调方面，即和声音调，恰恰就是协调的和不协调的（噪音）声音的矛盾、对比、交流、运动，这些声音在这里是作为程度上或大或小的和声组合而出现的。”[②]《边城》的再现部在各种人物关系的矛盾、对比、交流、运动中使情节“势能”极度蓄积。

最后的第二十、二十一两章为乐曲的尾声，也为“势能”的释放期。第二十章交代老船夫出于对孙女翠翠未来幸福的极度关爱，因受到替团总女儿保媒的中寨人的恶意误导，受到船总顺顺的冷遇，终于承受不住这一系列的打击，在一个雷雨夜溘然长逝。第二十一章交代老船夫入土为安后，船总顺顺愿意“把翠翠接到他家中去，作为二老的媳妇”[③]，可翠翠只愿在杨马兵的陪伴下，在渡口静静地等待傩送的归来。至此，故事悄然收尾。而法国音乐家圣·桑说过：“音乐起于词尽之处”，小说的结尾句“这个人也许永远不回来了，也许‘明天’回来”[④]，在词尽之处又响起另一支无尽的音乐，令人深思。

音乐家们说，音乐音响正是通过节拍、节奏、乐句、乐段、和声、织体、速度等的有规律的重复运动。正因为通过这种周期性的音响运动，音乐艺术才获得了和谐统一的形式。从宏观的总体结构上看，音乐可以通过 ABA 三部曲式或者 ABACA 五部回旋曲式的乐段对

---

① 沈从文：《沈从文全集》第 8 卷，北岳文艺出版社 2002 年版，第 143 页。

② ［波兰］卓菲娅·丽莎：《论音乐的特殊性》，于润洋译，上海文艺出版社 1980 年版，第 207 页。

③ 沈从文：《沈从文全集》第 8 卷，北岳文艺出版社 2002 年版，第 151 页。

④ 同上书，第 152 页。

比性重复，来达到音乐音响结构形式在发展中的统一，音乐还可以通过乐段之间速度的快慢快的对比性重复，通过结构性的调性的对比性重复，等等，使听者在听觉上获得音乐音响的形式统一感和稳定感。《边城》这部力作正是通过段与段、节与节的迭进配合、酝酿谐振，从而构成一个回环往复的ABACA五部回旋奏鸣曲式。对此，沈从文颇有自信，“凡此种种，如由莫扎克用音符排组，自然即可望在人间成一惊心动魄佚神荡志乐章”[①]。

按音乐的理论，从微观的局部结构上看，音乐的周期性强弱交替的节拍运动是音乐音响基本律动的基础，它为音乐的主题、动机、旋律、节奏、和声等要素的生成，提供了一个既有一定制约性的框架又有一定的自由度的空间。[②]《边城》在节与节之间的那种强弱、徐疾、轻重及欢快沉郁二者中的自由切换，也为作品搭建起了一个既有一定制约性的结构框架又有一定的自由度的文学空间。

英国作曲家沃恩·威廉斯的《南极的斯科特》有五个乐章，第一乐章的女高音和合唱队此起彼伏犹如天籁之音，隐隐约约地缥缈着，伴随着梦魇般的风声器，仿佛进入一种良苑仙境，让人产生咫尺天涯的心境和苍茫宇宙交织的幻景。低音提琴衬托着渐渐高扬的木管最后加入的竖琴和弦乐，如雾如织，那种清澈柔软的音质，那种如梦如幻的气质，那种如海浪一般铺天盖地涌来的高贵品质，你会立刻感到那是属于威廉斯独有的。

第三乐章开始纤弱的长笛和加弱音器的法国号，命悬一线般，细致入微，又有些阴森森的感觉，但管风琴出现后，心境忧郁之中带有一种大自然飘曳而来的敬畏，最后回归于悠扬的弹拨乐中荡漾起的加

① 沈从文：《沈从文全集》第12卷，北岳文艺出版社2002年版，第26页。
② 黄汉华：《抽象与原型——音乐符号论》，上海音乐学院出版社2004年版，第41页。

弱音器的法国号上。

《南极的斯科特》和《边城》，正有异曲同工之妙。

（二）《看虹录》：一支德彪西《牧神的午后》式的奏鸣曲子

沈从文在1949年后致张兆和的通信中说："……（《看虹录》和《摘星录》）是试验用抒情诗，水彩画，交响乐，三者不同成型法，揉成一个作品的。"[①] 这里所说的《看虹录》的"交响乐"效果，在结构上来讲，就是一种奏鸣曲式的特征。

《看虹录》写的是"一个人二十四点钟内生命的一种形式"，主题是"神在我们的生命里"，这是作品的主旋律，要表达的是"如何才是能展现生命的本真"。它展现的是一个追问生命、遭遇生命、反思生命的过程。整个作品是一场深刻的人生思考。围绕这个主旋律，《看虹录》分为三节来展开，这三节大体相当于奏鸣曲式的三个部分——呈示部、展开部与再现部。第一节写"我"晚上归来在老式牌楼下，闻到梅花清香，走进小院的一间房子中，靠近火炉，于孤独中开始阅读一本奇书，奇书的第一页有个明明白白的题词："神在我们的生命里"，由此展示出曲式的正主题。副主题则为第一节已有所涉及、暗示的在那个"正散发梅花芳馥"的"素朴小小房子中"的火炉旁将要展开的男女奇遇。这是作品的呈示部。第二节用第三人称讲述一位作家和女主人共同享受美妙的雪夜，作者用套盒形式讲述男作家雪夜猎鹿的故事。在这一节里，作家展开自由幻想，对"神在我们的生命里"的正主题进行了充分的展开与演绎。第二节里，男女主人公遭遇激情，生命神性在此展现。而这节从"壳子"上观照，它展开的却是副主题——微妙而神圣的男女激情及雪夜猎鹿的故事。这是曲式的展开部或自由幻想部，两个主题是对比并置、相辅相成而

① 沈从文：《沈从文全集》第24卷，北岳文艺出版社2002年版，第378页。

又互为表里的，都是抒情性、歌唱性的。第三节写“我”在现实中面对那神奇的书，不禁感到现实的寂寥和生命的焦渴。这就是曲式的再现部。首先，在情节上第三节与第一节相互呼应，“我”又站在“老式牌楼下”，时间又持续上物理的二十四小时制，时空上形成月夜（家）—雪夜（房间）—月夜（家）的循环。其次，在内涵上，第三节再现主题“神在我们的生命里”。如果说，第二节是在生命的高峰体验中领悟生命的神性，那么，第三节则是回归到日常生活的庸碌中去思考生命的神性，并为失去神性而痛苦。作者在生活、生命和神性之间不停地思索，由此联通到他在20世纪40年代一直在追寻的三个核心概念：“生命”“爱”“美”，力图确立一种涵盖个体生存到社会文化建构的有个性的类似尼采风格的深厚庞博思想和世界观。至此，副调与主调取得再现性统一。

《看虹录》结构上的音乐性特征，很像德彪西《牧神的午后》。《牧神的午后》分为三个部分。第一部分是主题提示，以独奏的长笛在柔和的低音区开始，速度平缓从容，旋律起伏不大，演示出牧神在林中醒来，慵懒地缱绻于刚刚逝去的梦境。这相当于《看虹录》第一节“我”恍惚间来到带梅花香气的小屋阅读奇书，节奏是舒缓迷蒙的。紧接着，牧神亲自吹奏的那懒洋洋而变化多端的旋律，很快就融入温暖的天鹅绒般的圆号与木管声中，以及一串淙淙流水般的竖琴声中。音乐以线性主题连续向前，像小溪一样流动，不做任何扩展。独奏双簧管温柔而富于表现力的演奏把音乐引向小小的高潮，乐队活泼起来，齐奏的木管合奏出一个热情的旋律，乐曲在这里达到情感的高潮。乐曲的第二部分为“梦”的详尽呈现，整个音乐使人感到波光粼粼，阳光明媚，暖气袭人。这何尝不是与《看虹录》第二节中男女激情溢出的温暖缠绵气息正相对应。但只是片刻的欢娱，音乐马上进入第三部分，又回到开始时懒洋洋的情绪，音乐在静寂中结束，阳光和煦，草木芬芳，牧神又沉入睡乡，梦境消逝在稀薄的空气之中。《看虹录》第三节美梦破损，"我"又重回现实，面对庸常的日常世界，思考生命的价值和意义。这不是与《牧神的午后》曲第三部分异曲同工吗？

沈从文在《看虹摘星录》的《后记》中认为小说最好的读者应是"批评家刘西渭先生和音乐家马思聪先生"，并提出"用人心人事作曲"① 的大胆尝试。细看小说，在意境和情韵上，整篇情绪和心理的时间性流动正如音乐，它如"虹"一样虚无缥缈，传达出一种空灵的音乐般的效果，形成一种抽象形式上的乐感。具象如小说中从"炉火始炽"到"炉火渐炽"到"炉中炽燃的炭火"，酝酿其中的就是情绪的流动。

其次，《看虹录》第二节中众多的语义双关、模棱两可的对话及大量括弧中的注释说明性文字如大型乐曲中的乐器伴奏，重诉、注解了主题，形成了一种众生喧哗的复调效果。

《摘星录》的奏鸣曲式特征不明显。但诚如沈从文所言，它却是一支由抒情诗、水彩画、交响乐三种"成型法"而"揉成"的作品。作品以一个年轻女子的经历、心事和思索为线索，将小说、诗歌、散文、书信杂糅一体。它以故事打底，散文为韵，音乐为形，诗歌为神，哲思为魂，呈现风景、风物、风情，掺杂梦幻、求索、苦思。整篇作品布满诗味、画风、乐效，哲理饱满，人生内涵丰韵。

作品的流动节奏、复调设计、交响乐效果是沈从文的有意求之。当然，奏鸣曲式特征，只是无意为之，或者说，仅仅是笔者从《边城》《看虹录》读出来的个人感觉。但无论是客观的创作追求，还是

① 沈从文：《沈从文全集》第16卷，北岳文艺出版社2002年版，第343页。

主观的阅读感受，都见证了一个不容置疑的事实，即沈从文作品的艺术结构确实充满音乐性的构思，或者说，具有音乐性的结构方式。而且，这种音乐性的构思及结构安排，显示出独特的艺术气质，具有与众不同的效果，在中国现代文学史上，也可谓是独树一帜。从这个方面上来说，它显示出沈从文在中国现代文学中的意义，显示出他作为“文体大师”的地位和成就。

第四节　创作语言上的音乐性特征

作家创作无疑需调遣运用语言文字，恰如音乐家的写曲需要运用音符、节奏和旋律。一个作家如果具备音乐家的素质，音乐必将影响到他创作的方方面面，包括作品的语言。沈从文提出好的语言“正如同很好的音乐，有一种流动而不凝固的美；如同建筑，现出体积上的美；如同绘画，光色和线，恰到好处”[①]。他认为自己小说的知音“应当是批评家刘西渭先生和音乐家马思聪先生”[②]。沈从文对自己作品语言的音乐性非常自信。沈从文对文体语言音乐性的这种自觉追求，使他的作品摇曳多姿，充满魔力。有人称他为文字的“魔术家”，“无论什么平凡的题材也能写出不平凡的文字来”[③]。

一　用字遣词具有动感与乐感

（一）重叠词

重叠词，特别是口语性质的重叠词是沈从文喜欢运用的词语组合

① 沈从文：《沈从文全集》第 17 卷，北岳文艺出版社 2002 年版，第 408 页。
② 沈从文：《沈从文全集》第 16 卷，北岳文艺出版社 2002 年版，第 343 页。
③ 苏雪林：《沈从文论》，《文学》第 3 卷第 3 期，1934 年 9 月。

方式，它彰显了民间语言朴素自然的优势及民间性语言的无限生长力。沈从文根据他在家乡生活多年的经验，将湘西地方口语重叠词大量运用到他的作品之中。这些重叠词，词义丰满、格式独特、音节响亮，充满乐感，极富表现力。举例如下：

名词性重叠词，简朴明亮，用于表现欣喜之心，如："民国七年，我出了故乡，随到一群约有一千五百的同乡伯伯叔叔哥子弟兄们，扛了刀刀枪枪，向外就食。"① 动词性重叠词，体性绘态，如："耕牛和猪羊……时常叫叫咬咬，作生意时又要嚷嚷骂骂。"② 形容词性重叠词，状物描情，如："他们诅咒着，然而一颗心也摇摇荡荡上了岸。"③

重叠词连用富于表现力和幽默色彩，具备浓厚的口语和地方特色。且叠音词轻柔而富弹性，使行文增添了一种亲切柔和的情韵，动人心弦。

（二）拟声词

沈从文对大自然的声音非常敏锐。他非常擅长把捉和提炼自然界的万千之音，并把这种自然之声调入他的作品之中，给作品带来自然界的天籁效果，增强了作品的音乐性。

模拟人声如"抱定桅子荷荷大哭"④；模拟动物声音如"忽然会有一只草莺'落落落落嘘'啭着她的歌喉"⑤；模拟物体声音如"汤汤流水"⑥，"鼓声蓬蓬响着"⑦。

清新的画面配上自然界的万籁之音，令人情兴勃发，浮想联

---

① 沈从文：《沈从文全集》第1卷，北岳文艺出版社2002年版，第244页。
② 沈从文：《沈从文全集》第10卷，北岳文艺出版社2002年版，第40页。
③ 沈从文：《沈从文全集》第9卷，北岳文艺出版社2002年版，第41页。
④ 沈从文：《沈从文全集》第11卷，北岳文艺出版社2002年版，第272页。
⑤ 沈从文：《沈从文全集》第8卷，北岳文艺出版社2002年版，第121页。
⑥ 沈从文：《沈从文全集》第10卷，北岳文艺出版社2002年版，第166页。
⑦ 沈从文：《沈从文全集》第8卷，北岳文艺出版社2002年版，第76页。

翩。声音的魅力，使读者不仅欣赏到声音之美，而且体味到意象之奇和文字之妙，特别具有吸引力。音乐家梯希尔说过：“音乐是通过乐音的选择与结合来表现或激起内在的情感和情调的艺术。”[①] 对沈从文而言，这种文字的飞扬之处在于能“把大自然与人的内心激情结合在一起，把个人的遭遇重新置于云彩和太阳、春天与冬天、青春与暮年这些广泛而有节奏的运动中去”[②]，在协调的与不协调的声音组合中传达出人、动物、自然现象等的或明朗或晦暗，或响亮或暗哑的交响乐效果，从而成功地渲染出一种人与自然相契相合的生命形态。

（三）方言

沈从文在他的创作中，经常征用家乡凤凰的语言，乃至大湘西的各种方言，使他的小说或散文语言蒙上浓浓的地域色彩。方言分单音节、多音节两种，在沈从文的叙述语言和作品人物语言中，有不可替代的作用。

单音节如“一切展在眼前了”[③]，“沈石田这狗肏的”[④] 等。林语堂对汉语的单音节词汇干脆优美的特点领会并神会：“这种极端的单音节性造就了极为凝练的风格……体现了最微妙的语音价值，且意味无穷……这种洗练风格的娴熟运用意味着词语选择上的炉火纯青。”[⑤] 林语堂认为单音节性“在口语中很难模仿”，沈从文却独辟蹊径，在湘西口语中发掘出了大量单音节化的动词表达方式，干脆简洁、利落有力，点化神理，丝丝入扣，富于动感与乐感，令人击节称赏。

① ［奥］爱德华·汉斯立克：《论音乐的美》，杨业治译，人民音乐出版社 2003 年版，第 96 页。

② ［法］安德烈·莫洛亚：《屠格涅夫的艺术》，《世界文学》1981 年第 1 期。

③ 沈从文：《沈从文全集》第 9 卷，北岳文艺出版社 2002 年版，第 68 页。

④ 沈从文：《沈从文全集》第 11 卷，北岳文艺出版社 2002 年版，第 226 页。

⑤ 林语堂：《中国人》，郝志东等译，学林出版社 1994 年版，第 222 页。

而“溪里的鱼好像也知道凑趣”[①]，“吃蚌壳，煨红壳”[②] 等多音节词的运用，句式紧凑简洁，发音饱满干脆，充满美感、力度及乐感，充分展现了汉语所能蕴含音乐美的巨大空间。

二　短语运用突出对称感、节奏感

（一）普通短语

沈从文喜欢使用短语。他作品中的短语跟他的语言经验紧密相关，跟他的生命体验息息相关。这些短语乐感优美，多取自武陵山腹地山民的语言。不仅叙事描人功能强，而且读起来朗朗上口，节奏分明，旋律有力。这些短语通常有形容词性短语、名词性短语、动词性短语三种。仅举数例，如：“长手长脚长脸，脸上那个鼻子分量也比他人的长大沉重”[③]；“又说了些这一类不文不武不城不乡的话语”[④]；“过桥，过竹林，过小小山坡”[⑤]。这些短语极富民间口语色彩，节奏感强，短峭简练。看似普通，实则充满乐感。

（二）四字格

沈从文行文喜用音节匀称、文白相间的四字格，尤其在描绘湘西的自然风光、风俗民情时使用频率最高。这些随意之笔，浑然天成，无迹可求。如“黄昏，天空淡白，山树如黛”[⑥]，“水深流速，弄船女子，腰腿劲健，胆大心平，危立船头，视若无事”[⑦]。

四字格的出现使得语言更为紧凑，排列更为齐整，给人一种视觉

---

① 沈从文：《沈从文全集》第 9 卷，北岳文艺出版社 2002 年版，第 29 页。
② 同上书，第 210 页。
③ 同上书，第 84 页。
④ 沈从文：《沈从文全集》第 10 卷，北岳文艺出版社 2002 年版，第 150 页。
⑤ 沈从文：《沈从文全集》第 9 卷，北岳文艺出版社 2002 年版，第 35 页。
⑥ 沈从文：《沈从文全集》第 11 卷，北岳文艺出版社 2002 年版，第 315 页。
⑦ 同上书，第 354 页。

上的美感，而且文笔清新、雅丽，文气流畅，而对俪偶出，使文章如行云流水，显得和谐、优美，具备了很强的节奏感和音乐性，如同品读古典诗词。沈从文虽未接受过系统的教育训练，但年轻时阅读过不少古典书籍，加之他对语言的敏感，及自身特有的音乐素质，使他的四字格富有古典汉语与现代汉语的双重质感，创造出了一种别具风味的新的汉语节奏美、音乐美。这也是很多现代文学大家，如鲁迅、废名等共有的文字特点。沈从文的学生汪曾祺就认为四字格“多是中国语言的特点之一”，“可以使文章有点中国味儿”，“更为简洁，更能传神”，“造成一种明快流畅的节奏”①。

（三）俗谚

由于对家乡语言的熟悉，沈从文作品中的俗谚乡语随处可见。如：“肥水不落外人田，拔了萝卜眼儿在”②，“恶狗不赶墙上人”③，“罄罄干，光打光”④，“乐得看水鸭子打架”⑤。这种语言鲜活饱满，青翠欲滴。湘西水系纵横，沈从文自幼与水上人交往甚多，熟悉他们的一言一行。他曾自述：“我文字风格，假若还有些值得注意处，那只因为我记得水上人的言语太多了”⑥。这种“含水”的语言因其短促有力，节奏鲜明，故乐感十足。

三　句式选择体现鲜明的节奏感、旋律美

在作品句式的运用上，沈从文精挑细琢，从不马虎，他说：“事实上写小说照例又是全个故事老在脑子里盘旋，一章、一节、一行、

① 汪曾祺：《汪曾祺全集》第3卷，北京师范大学出版社1998年版，第294、295页。
② 沈从文：《沈从文全集》第10卷，北岳文艺出版社2002年版，第32页。
③ 同上书，第197页。
④ 沈从文：《沈从文全集》第5卷，北岳文艺出版社2002年版，第235页。
⑤ 沈从文：《沈从文全集》第10卷，北岳文艺出版社2002年版，第152页。
⑥ 沈从文：《沈从文全集》第17卷，北岳文艺出版社2002年版，第209页。

一句也反复在回旋”[①]，由此形成了他作品句式上的音乐美。

（一）注重句式的平仄与对称

首先，在句式平仄的驾驭上得心应手，声调抑扬顿挫恰得其所，富有乐感。例如“白日无事，平潭静寂”[②]，其音律节奏是“平仄平仄，平平仄仄”；“张挂风帆，松紧帆索”[③] 的平仄韵律是“平仄平平，仄仄平仄”；“无人过渡，镇日长闲”[④] 则为“平平仄仄，仄仄平平”相对。

其次，句式对称。例如：“这时正将两只脚板吊在水中，屁股贴在舷上”[⑤]；“湿柴烧不燃，烟子各处窜，使人流泪打嚏，湿柴平铺到水面时如薄绸”[⑥]。运笔走势轻捷灵动，语言在形式的对称中显得错落有致。

（二）长短句合理搭配，行文注重骈散句结合

1. 长短句搭配，多用短句

沈从文作品中的句式节奏感强，顿挫起伏明显，乐感鲜明。这种句式特点多由短句来体现。典型句式如“落着雨，刮着风，各船上了篷，人在篷下听风雨声”（“风”“篷”“声”，音韵和谐）[⑦]，句式简单，富有节奏感，既简洁明了便于理解，又于人视觉、听觉上产生一种活泼的动感效果。苏雪林曾说沈从文“句法短峭简练，富有单纯的美”[⑧]，应是敏锐地抓住了此类句式的特点。

短句刚劲，语势多急促；而长句柔顺，语势多平缓。因此，沈从文在行文中也注意适时地选用长句。如：“这歌是用白耳族顶精粹的

---

① 沈从文：《沈从文全集》第20卷，北岳文艺出版社2002年版，第408页。
② 沈从文：《沈从文全集》第11卷，北岳文艺出版社2002年版，第362页。
③ 同上书，第236页。
④ 沈从文：《沈从文全集》第8卷，北岳文艺出版社2002年版，第65页。
⑤ 沈从文：《沈从文全集》第1卷，北岳文艺出版社2002年版，第97页。
⑥ 沈从文：《沈从文全集》第9卷，北岳文艺出版社2002年版，第57页。
⑦ 同上书，第41页。
⑧ 苏雪林：《沈从文论》，《文学》第3卷第3期，1934年9月。

言语，自白耳族顶纯洁的一颗心中摇着，从白耳族一个顶甜蜜的口中喊出，成为白耳族顶热情的音调。”[①] 四个“顶”排比式的串用，使得描述在雍容中透露出亮丽，节奏舒缓从容。

2. 骈散句结合，韵味十足

在《边城》《长河》《湘行散记》《湘西》等众多作品中，沈从文也特别注重行文中骈散句的有机融合。文势错落有致，参差之中见整齐，处处闪烁着山水小品的光辉。

散句如：“白河到辰州与沅水汇流后，便略显浑浊，有出山泉水的意思。若溯流而上，则三丈五丈的深潭皆清澈见底。深潭中为白日所映照，河底小小白石子，有花纹的玛瑙石子，全看得明明白白。”骈句如：“凡有桃花处必有人家，凡有人家处必可沽酒。”[②]

这种行云流水的句子，有声韵的安排，有节奏的控制，把天籁都织进字里行间，织成有光有声有色，亦诗亦乐亦画的瑰丽多姿、形象生动的文字天地。

3. 长短句与骈散句综合使用，有机融合

在沈从文的作品中，长短合理搭配，骈散有机结合的句式也俯拾皆是，如：“夹河高山，壁立拔峰。竹木青翠，岩石黛黑。水深而清，鱼大于人。河岸两旁黛色庞大石头上，在晴朗冬天里，尚有野莺画眉鸟，从山谷中竹篁里飞出来，休息在石头上晒太阳，悠然自得啭唱悦耳的曲子，直到有船近身时，方从从容容一齐向林中飞去。”[③] 抑扬的音节，变化的句式，谐和的韵律，使行文泛着活气与灵性，像一段动人的乐曲，时而急促，时而平缓，魅力非凡。

---

① 沈从文：《沈从文全集》第 5 卷，北岳文艺出版社 2002 年版，第 336 页。

② 沈从文：《沈从文全集》第 8 卷，北岳文艺出版社 2002 年版，第 67 页。

③ 沈从文：《沈从文全集》第 11 卷，北岳文艺出版社 2002 年版，第 362 页。

四　组段成篇富于节奏美、旋律美

（一）行文中较少用“的”字，文势如汤汤流水，流淌着音乐美

不喜用“的”字，“的”字句子的出现次数远低于其他现代作家，这已是共知的奥秘。苏东坡有一句名言“吾文如万斛泉源，不择地流出。在平地，滔滔汩汩，虽一日千里无难”[①]。这种奔泻流淌的语言很容易造成行文上一种流动不居的音乐美。

如：“记称‘洞庭多橘柚’，橘柚生产地方，实在洞庭湖西南，沅水流域上游各支流，尤以辰河中部最多最好。树不甚高，终年绿叶浓翠。仲夏开花，花白而小，香馥醉人。九月降霜后，缀系在枝头间果实，被严霜侵染，丹朱明黄，耀人眼目，远望但见一片光明。每当采摘橘子时，沿河小小船埠边，随处可见这种生产品的堆积，恰如一堆堆火焰。在橘园旁边临河官路上，陌生人过路，看到这种情形，将不免眼馋口馋，或随口问讯”[②]。这一整段介绍辰河橘柚的文字，全文近200字，仅用一个“的”字。

而“小溪流下去，绕山岨流，约三里便汇入茶峒大河。人若过溪越小山走去，则只一里路就到了茶峒城边。溪流如弓背，山路如弓弦，故远近有了小小差异。小溪宽约廿丈，河床为大片石头作成”[③]。言简意赅，清新流畅，全文却是不用一个“的”字。

这种笔法以现代语汇为砖石、以古典句式为框架，常带文言特点，我们姑且称之为“沈从文笔法”。它的优点是紧凑、凝练、沉稳，又显得通畅、洒脱、亮丽。遣词造句中，舍去一切虚华浮躁，只

① 四部丛刊：《经进东坡文集事略》第57卷，商务印书馆1929年版，第335页。

② 沈从文：《沈从文全集》第10卷，北岳文艺出版社2002年版，第10页。

③ 沈从文：《沈从文全集》第8卷，北岳文艺出版社2002年版，第61页。

留下筋干和精华，句式峭拔挺立、卓尔不群。既古韵悠扬又新姿勃发。可诵可吟，可弹可唱，风骚独在。

（二）善于将语言调理成进行时态，即使是静态场景，也写得玲珑多姿，活色生香：

> 河水已平，水流渐缓，两岸小山皆接连如佛珠，触目苍翠如江南的五月。竹子、松、杉，以及其他常绿树皆因一雨洗得异常干净。山谷中不知何处有鸡叫，有牛犊叫，河边有人家处，屋前后必有成畦的白菜，作浅绿色。小埠头停船处，且常有这种白菜堆积成A字形，或相间以红萝卜。①

静美的“宋院画”笔法，在“平”“缓”“连”“洗”“叫”这一连串“恰当”动词的排演、组接中，将“河水”“小山”“绿树”“碧雨”“白菜”“渡船”及“禽鸡”“牛犊”“人家”这些自然天象、人事作为，完美地融合在一幅图景中。既有为又显随意，既相离又相依。句式灵气十足，飘逸运动，似乎脱离尘世，出尘为雅，又有真趣和活气。古典的意境和现代的趣味浑圆一体，融洽无间，胜境逸出。贾平凹算是沈从文的一个私淑弟子，他的小说语言隐约可见沈从文的影子和神韵。贾平凹深昧个中意味，他曾如是叙说此种表达方式：“语言中多用动词，用常人不用的动词，语言就有了场面感，有了容量和信息，有一种质的感觉。”②

（三）善于将内心独白处理得极富音乐感染力

沈从文善于刻画人物的心理活动，特别善于表现人物的内心独

---

① 沈从文：《沈从文全集》第11卷，北岳文艺出版社2002年版，第212页。
② 贾平凹：《关于语言》，《当代作家评论》2006年第2期。

白。在他的笔触中，小说主人公，主要是湘西小儿女的内心独白如同一首首无韵之诗，充满节奏感和旋律性，乐感充沛淋漓。如《边城》对翠翠心理的呈现："翠翠感觉着，望着，听着，同时也思索着：'……得碾子的好运气，碾子得谁更是好运气……'"[①] "感觉""望""听""思索"四个动词，简促连贯，皆用"着"字连缀，灵动俏美。它所达到的客观效果是翠翠懵动的心理得到了动态的呈现，节奏温委、莞尔、灵促；其无意识的心理流程则更像无韵之诗，自然天成；句子跳跃闪进，呼应着人物心音飘忽不定；关于"碾子"喃喃之声的复沓、顶真，极富乐感，梦幻般的意境溢于文字间，语言此时"遵循直觉推进的法则并因它而沟通。于是，语言立即把读者带到在诗人的想象中激动着的直觉推进的内在音乐之中，而且还通过这种音乐而进入一个由这种音乐自然而然地表达出来的诗性直觉的参与之中"[②]。

（四）善于通过各种章法和修辞手法来形成作品的节奏感和旋律感

沈从文行文既有苏轼"如万斛泉源，不择流出"的气势，也特别讲究语言的提顿、承转，"常行于所当行，常止于不可不止"[③]。如"走了。回头还望望那老妇人舍不得那李子。又说话了"[④]。一放一收，提中有顿，承中有转，词量很少，情景宛然。

沈从文自认为很会结尾。《边城》的末句"这个人也许永远不回来了，也许'明天'回来"[⑤]，以语言的暧昧、含混、模棱两可形成

---

① 沈从文：《沈从文全集》第8卷，北岳文艺出版社2002年版，第113页。

② ［法］雅克·马利坦：《艺术与诗中的创造性直觉》，刘有元等译，生活·读书·新知三联书店1992年版，第229页。

③ 四部丛刊：《经进东坡文集事略》第57卷，商务印书馆1929年版，第335页。

④ 沈从文：《沈从文全集》第8卷，北岳文艺出版社2002年版，第275页。

⑤ 同上书，第152页。

文本的势能及张力，构造出一种韵味悠长的语境，余音绕梁，回味无穷的旋律之美。

沈从文是语言上的修辞大师，又具有音乐家的素养，善于运用反复、排比、对偶、顶真等各种修辞手法来造成行文上的一种回环复沓的音乐美。此处仅以排比手法为例，如："她们从乡下来，从那些种田挖园的人家，离了乡村，离了石磨同小牛，离了那年青而强健的丈夫的怀抱，跟随了一个熟人，就来到这船上做生意了。做了生意，慢慢的变成为城市里人，慢慢的与乡村离远，慢慢的学会了一些只有城市里人才需要的恶德，于是妇人就毁了"①，三个"离了"词语的反复、三个"慢慢的"短语的回环，节奏和韵律油然而生，辗转往复，巧然泄露出作家潜藏于心间的叹惋之情，加上穿插于其间的两个"做了生意"的顶真句式，使尾句"于是妇人就毁了"分量格外深重，格外引人深思。整体旋律如一曲忧郁的古典布鲁斯，或如一曲一唱三叹的咏叹调。

康德在《判断力批判》中曾说过数学不如音乐。作为一个作家，沈从文对音乐有着自己独特的理解，他认为"表现一抽象美丽印象，文字不如绘画，绘画不如数学，数学似乎又不如音乐"，"但由幻想而来的形式流动不居的美，就只有音乐，或宏壮，或柔静，同样在抽象形式中流动，方可望能将它好好保存并加以重现"②。可以说，出于突破语言藩篱的渴望，出于灵性、诗性语言的追求，加上富有音乐的爱好和素养，语言的音乐性成为沈从文的自觉诉求和潜在目标。尤其当他独处默想时，时常感到内心涌出"一种无声的音乐，无文字的诗歌"③，而捕捉这种转瞬即逝的灵思幻想和不易察觉的情绪余波，

---

① 沈从文：《沈从文全集》第9卷，北岳文艺出版社2002年版，第47—48页。

② 沈从文：《沈从文全集》第12卷，北岳文艺出版社2002年版，第25页。

③ 同上。

他时常感觉到文字的局促、限制。意出言外，意由乐生，这是沈从文选择的一种语言表达策略。纵览沈从文整个创作的语言，无疑很好地实现了他的这种音乐性的诉求，也使他的语言文字获得了极大成功，在中国现代文学史上独具一格，留下了深深的印痕。沈从文由此成为一代语言大师，后人揣摩、学习不断。

肖复兴在《牧神午后》中说："将他（欣德米特）的音乐和他的文学合在一起，就像把氢和氧合在一起，听出的效果便是新鲜轻盈的水一样了。让他的音乐融合着文字的理想，让他的文字插上音乐的翅膀，彼此进行着氧化作用的。"[①] 沈从文的文字与音乐正是进行着如许的氧化作用，从而具有无限魅力。

第五节 作品中的民歌元素

沈从文的作品充满了音乐美，这除了结构、语言等因素外，善于运用各种形式的湘西民歌，也是一个重要方面。

湘西古属楚，朱熹在《楚辞论集》中说："昔楚南郢之邑、沅湘之间，其俗信鬼而好祀，其祀必使巫觋作乐，歌舞以娱神。"因此，湘西至今流传着许多民歌。湘西是名副其实"歌的海洋"，湘西人几乎无事不歌，无处不歌，无人不歌。民歌是湘西人民表达思想感情的重要工具，在日常生活和各种节庆中，他们三五结伴，引吭高歌，采用不同的组合形式，把自己的思想感情和内心世界表达出来。尤其在苗族人们相互交往时，更是说话少而唱歌多。沈从文说，在苗族聚居区，"……热情多表现于歌声中。任何一个山中地区，凡是有村落或开垦过田土地方，有人居住或生产劳作的处所，无论是早晚都可以听

① 肖复兴：《牧神午后》，福建教育出版社2003年版，第16页。

到各种美妙有情的歌声”。遇到节日或大事必然有歌唱，“当地按照季节敬祖祭神必唱各种神歌，婚丧大事必唱庆贺悼慰的歌”[①]。每逢赶场，特别是歌会、喜庆等欢乐时节，四面八方的人们便不辞劳苦，不远百里，翻山越岭，赶赴歌场等目的地。歌场便人山人海、接踵比肩，歌声如潮、此起彼落。湘西人们日常生活中歌唱是如此之多，以致沈从文 1949 年后在四川内江参加土改时感受到的对比是如此强烈："这里没有歌，很少听到人哼哼唧唧。”[②]

湘西民歌具有鲜明的地方民族特色，包括了生活在湘西地区的土家、苗、汉等各民族的歌曲。在艺术形式上，可分为巫歌、山歌、小调、劳动歌曲和风俗歌五类。

一 巫歌

两千多年前，屈原被流放到湘沅一带，就为当地的傩祭巫歌所吸引，创作了一部集音乐、舞蹈、诗歌于一体的《九歌》。从那时起，巫风余脉缕缕不绝，绵延至今。沈从文在《湘西・题记》中说：“春秋时被放逐的楚国诗人屈原，驾舟溯流而上，许多地方还约略可以推测得出……尤其是与《楚辞》不可分的酬神宗教仪式，据个人私意，如用凤凰县苗巫主持的大傩酬神仪式作根据，加以研究比较，必尚有好些事可以由今会古。”[③] 沈从文认为湘西民歌来源于远古巫歌。因此，他对至今仍然保留在祭祀歌舞中的巫歌非常喜爱，一直到晚年，每当听到家乡的“傩堂”戏时，都会热泪盈眶。[④]

巫歌是湘西人在崇拜天皇和祖先时唱的歌，属宗教仪式歌类，主

① 沈从文：《沈从文全集》第 31 卷，北岳文艺出版社 2002 年版，第 329、330 页。
② 沈从文：《沈从文全集》第 19 卷，北岳文艺出版社 2002 年版，第 222 页。
③ 沈从文：《沈从文全集》第 11 卷，北岳文艺出版社 2002 年版，第 327—328 页。
④ 孙冰：《沈从文印象》，学林出版社 1997 年版，第 145 页。

要有傩歌、梯玛神歌等。沈从文将它们，特别是傩歌有意识地揉进自己的作品里。

《神巫之爱·晚上的事》写了一场完整的“跳傩”法事，文中融入了一曲齐整的傩歌：

你大仙，你大神，睁眼看看我们这里人！
……

你大神，你大仙，排驾前来站两边！
……

你大仙，你大神，云端下降慢慢行！
……

福禄绵绵是神恩，
和风和雨神好心，
美酒白饭当前陈，
肥猪肥羊火上烹！

洪秀全，李鸿章，
你们在生是霸王，
……

慢慢吃，慢慢喝，
月白风清好过河！

醉时携手同归去，
我当为你再唱歌！[①]

《凤子·神之再现》虽然没有具体的傩歌歌词，却呈现了一幕完整的“谢土仪式”：

巫师换上了鲜红如血的缎袍……且用一种低郁的歌声，应和洪壮的金鼓声，且舞且唱。

第一段表演仪式的起始，准备迎神从天而降……

第二趟法事是迎神……一面引喉唱歌娱神，且提出种种神名。又唱出各种灵山胜境的名称，且颂扬它的好处……歌辞虽不及《楚辞》温雅，情绪却同样缠绵。乐器已换上小铜钹和小小羯鼓，音调欢悦中微带凄凉。慢慢的，男女诸神各已就位，第二趟法事在一阕短短和声歌后就结束了。

休息一阵……接连而来是一场庄严的法事。献牲，奠酒，上表……到后巫师把黄表取上，唱完表中颂歌，用火把它焚化。

上表法事完毕，休息时间较长……前三趟法事都是独唱间舞蹈，这一次却应当是戏剧式的对白……

这种娱神戏剧第一段表演爱情戏剧……第二段表演小歌剧……第三段表演的是战争故事……

三个插曲完毕后，巫师重新穿上大红法服，上场献牲献酒，为主人和观众向神祈福……众人齐唱“金满仓，银满仓，尽地力，繁牛羊”，颂祝主人。送神时，巫师亢声高唱送神曲，众人齐声相和。[②]

① 沈从文：《沈从文全集》第9卷，北岳文艺出版社2002年版，第378—379页。
② 沈从文：《沈从文全集》第7卷，北岳文艺出版社2002年版，第159—162页。

巫歌的引入不仅使沈从文的此类作品有了神秘色彩与迷魅气息，让读者接触到了至今保存完好的巫风巫习，而且也加强了此类作品的音乐性效果。

二 山歌

山歌常指各种山野歌曲，是人们自由抒发内心思想感情的一种形式，常带有即兴性，主要有土家山歌、摆手歌、苗歌等。

沈从文在自己的创作，如《丈夫》《雨后》《萧萧》《阿黑小史》《边城》《月下小景》《长河》《凤子》《渔》《龙朱》《媚金·豹子·与那羊》《灯》《神巫之爱》等作品中引用了大量流传于湘西百姓口中、耳熟能详的山歌，他自己就曾说过："事实上在写《边城》和《龙朱》时，上面凑了些近于山歌的插话，卅多年前熟人就提到不同一般，有诗意！"[①]

有谐谑色彩的调笑山歌。如："山坳里团总烧炭，山脚里地保扒灰；扒灰红薯才肥，烧炭脸庞发黑。"[②]

有富有挑逗性质的"带荤"山歌。如："大姐走路笑笑底，一对奶子翘翘底，心想用手摩一摩，心子只是跳跳底"[③]；"天上起云云起花，包谷林里种豆荚，豆荚缠坏包谷树，娇妹缠坏后生家"；"天上起云云重云，地下埋坟坟重坟，娇妹洗碗碗重碗，娇妹床上人重人"。[④]

有讥讽人的山歌。如："妹妹生得白又白，情郎生得黑又黑；黑墨写在白纸上，你看合色不合色。娇妹十八郎十七，口口骂郎无年

① 沈从文：《沈从文全集》第 23 卷，北岳文艺出版社 2002 年版，第 185 页。
② 沈从文：《沈从文全集》第 9 卷，北岳文艺出版社 2002 年版，第 57 页。
③ 沈从文：《沈从文全集》第 3 卷，北岳文艺出版社 2002 年版，第 275 页。
④ 沈从文：《沈从文全集》第 8 卷，北岳文艺出版社 2002 年版，第 257 页。

纪，大山木叶有长短，那得十指一般齐？”[①]“白鸡关出老虎咬人，不咬别人，团总的小姐派第一……大姐戴副金簪子，二姐戴副银钏子，只有我三妹莫得什么戴，耳朵上长年戴条豆芽菜”[②]；“好花不能长在，明月不能长圆，星子也不能永远放光”[③]；“客人口上华丽的空话，豹子身上华丽的空花；一面使人承认你的美，一面使人疑心你有点儿诡”；“花朵上涂蜜想逗蜂子的欢喜，言语上涂蜜想逗女子的欢喜；可惜得很——大屋后青青竹子它没有心，四月里黄梅天气它不会晴”；“菠菜茼蒿长到田坪一样青，这时有心过一会儿也就没有心”；“谁见过天边有永远的虹？问星子星子也不会承认。我听过多少虫声多少鸟声，谎话多了我全不相信”；“水源头豆芽菜又白又多，全靠挤着让井水来浇灌，受了热就会瘦瘪瘪，看外表倒比一切菜好看”[④]。

有男女之间传情达意的山歌对唱。如《媚金·豹子·与那羊》中豹子与恋人媚金的情歌对唱，媚金唱：“红叶过冈任那九秋八月的风，把我成为妇人的只有你。”豹子听到这歌后，欢喜地作答：“白脸族一切全属第一的女人，请你到黄村的宝石洞里去。天上大星子能相互望到时，那时我看见你你也能看见我。”[⑤]此外，还有《龙朱》中龙朱、矮奴与花帕族女人的对唱，《神巫之爱》中神巫、仆人五羊与花帕族女子的对唱，《凤子》中城市中人与山中女子、井边女子的对唱，《月下小景》中傩佑与女孩子的对唱。

这些山歌明丽奔放，粗野质朴，就如山林中响起的天籁音乐，百听不厌。

---

① 沈从文：《沈从文全集》第7卷，北岳文艺出版社2002年版，第253页。

② 沈从文：《沈从文全集》第8卷，北岳文艺出版社2002年版，第96页。

③ 沈从文：《沈从文全集》第9卷，北岳文艺出版社2002年版，第226页。

④ 沈从文：《沈从文全集》第7卷，北岳文艺出版社2002年版，第135—137、156页。

⑤ 沈从文：《沈从文全集》第5卷，北岳文艺出版社2002年版，第354页。

三　小调

小调是湘西民歌重要的一种体裁，有一定的艺术加工成分，结构比较均衡和完整，主要有高腔、山地歌、阳戏，等等。

沈从文特别喜欢小调这种民歌体裁形式。在创作中只要有机会能用得上小调的，他会毫不吝啬地用它来刻画人物，渲染氛围。如《柏子》中的水手们“但可以把歌唱给下面骂人的人听，当先若唱‘一枝花’，这时唱的便是‘众儿郎’了。‘众儿郎’却依然笑嘻笑嘻的昂了头看这唱歌人，照例不能生气的”[①]；《长河》中的退伍士兵和水手“还风流自赏提高喉咙学女人嗓子唱小曲，花月逢春，四季相思，万喜良孟姜女长城边会面”[②]；《一个多情水手与一个多情妇人》中水手“下船时，在河边我听到一个人唱《十想郎》小曲，曲调卑陋声音却清圆悦耳”[③]，《雪晴》中的小婊子“一面唱《十想郎》小曲遣送白日，一面纳鞋底绣花荷包”[④]。

还有“花荷包，花抱肚，佩烂了，穿烂了，子弟孩子们长大了”[⑤]；“当地歌谣中有‘郎骑白马来’一首四句头歌，天天心中狐疑”[⑥]；“请祖父坐在船头吹‘娘送女’曲子给她听”[⑦]；“老马兵为大家唱丧堂歌取乐，用个空的量米木升子，当作小鼓，把手剥剥剥的一面敲着升底一面唱下去——唱王祥卧冰的事情，唱黄香扇枕的事情”[⑧]。

---

① 沈从文：《沈从文全集》第9卷，北岳文艺出版社2002年版，第40页。
② 沈从文：《沈从文全集》第10卷，北岳文艺出版社2002年版，第103页。
③ 沈从文：《沈从文全集》第11卷，北岳文艺出版社2002年版，第267页。
④ 沈从文：《沈从文全集》第10卷，北岳文艺出版社2002年版，第417页。
⑤ 同上书，第33页。
⑥ 同上书，第148页。
⑦ 沈从文：《沈从文全集》第8卷，北岳文艺出版社2002年版，第88页。
⑧ 同上书，第148页。

小调的运用，增加了沈从文作品的谐谑性与幽默色彩，地方特色更浓，音乐性更强。

四 劳动歌曲

劳动歌曲往往是劳动者在劳动中即兴随口编唱的，是人们劳动情绪的直接体现，主要有栽秧薅草歌、船工号子等。

沈从文在水边长大，对船、水上人、船工号子有一种特殊的感情，“我一见船就兴起一种情感，因为船上生活太久，种种又太熟习了。弄船人永远和陆地讨生活不同，永远从容许多。脾气也好得多”①。

沈从文对船工号子是如此的钟爱，以致在电影《边城》剧本的改编中，提出一定要用船工号子方能使电影得到成功，“但表现情感的动，似乎得用四种乐律加以反映：一为各种山鸟歌呼声；二为沅水流域放下水船时，弄船人摇橹，时而悠扬时而迫紧的号子声；三为酉水流域上行船，一组组纤夫拉船屈身前奔，气喘吁吁的短促号子声；四为上急流时，照例有二船夫，屈身在船板上用肩头顶着六尺长短篙，在船板上一步一步打‘滴篙’爬行，使船慢慢上行的辛苦酸凄的喊号子声”，“三种不同劳动号子，相互交叠形成的音乐效果，如运用得法，将比任何高级音乐还要动人”②。

在创作上，船工号子在他的作品中得到了多次呈现，如：弄船人有两个口号，“凤滩茨滩不为凶，上面还有绕鸡笼”③，“走尽天下路，难过辰溪渡”④，“这人在船上弄船时……就模仿麻阳人唱橹歌，风大

① 沈从文：《沈从文全集》第20卷，北岳文艺出版社2002年版，第162页。
② 沈从文：《沈从文全集》第26卷，北岳文艺出版社2002年版，第150页。
③ 沈从文：《沈从文全集》第11卷，北岳文艺出版社2002年版，第362页。
④ 同上书，第284页。

了些，又模仿麻阳人打呵贺，大声的说：‘要来就快来，莫在后面，呵贺……’”“风快发，风快发，吹得满江起白花，呵贺……”“……除了骂野话以外，就唱：‘过了一天又一天，心中好似滚油煎。’”①

船工号子中写得最多的却是摇橹号子，如：“口上喊着‘摇老和里’‘咦老和里’才能使船前进的”②，“听船上摇橹人唱那‘咦来合嚇！噢合嚇！’悠悠扬扬的橹歌”③，“船只拢岸时摇船人皆促橹长歌，那歌声揉和了庄严与瑰丽，在当前景象中，真是一曲不可形容的音乐”④。

船工号子体现了弄船人雄浑豪放的性格和诙谐幽默的个性及不屈不挠、与大自然搏斗的精神气质，骨子里洋溢着一股雄浑粗犷的音乐美。

五　风俗歌

风俗歌是人们根据本地民风民俗，依靠民间传说编唱的有关生产、生活、婚嫁的歌曲，主要有哭嫁歌、童谣，等等。沈从文对土家族的哭嫁习俗基本未涉笔，但对童谣却很重视，不仅自己亲自操刀创作了诸如《失路的小羔羊》《其人其夜》《薄暮》《月光下》《秋》《乡间的夏》等正宗的童谣，《春月》《遥夜——九》等类童谣，而且还收集编选了诸如《镇筸的歌》《伐檀章今译》等广泛流传于湘西乡下的童谣。

湘西民歌作为湘西人民生活的一面镜子，直接反映了湘西文化的特质。此类乡野民歌在沈从文作品中的大量运用，不仅增加了文本的

① 沈从文：《沈从文全集》第11卷，北岳文艺出版社2002年版，第170页。
② 沈从文：《沈从文全集》第2卷，北岳文艺出版社2002年版，第226页。
③ 同上书，第374页。
④ 沈从文：《沈从文全集》第11卷，北岳文艺出版社2002年版，第292页。

趣味、野味、巫味，而且使文本氤氲着浓厚的湘西习俗氛围，并刻上了深深的湘西文化烙印。它更使沈从文的作品充满了音乐之美，增强了美感和感染力。生于斯长于斯的沈从文对湘西各种民歌极为熟悉，深深懂得湘西民歌的艺术价值和文化价值，加上个性气质上对民歌的偏爱，便在中国现代文学这片广袤土地上结出了一株融文学、音乐于一体的艺术奇葩。

第六节　小结

本章的行文较长，现在可以小结一下了。第一节探讨的是沈从文的音乐因缘，试图回答的是音乐与他人生唇齿相依的紧密关系，试图解密的是他热衷音乐叙事的心灵密码。后面四节是分开论述音乐叙事的具体体现。总之，无论是音乐般的节奏安排、人事叙述、结构设计，还是音乐般的语言运用，及民歌元素的调遣与派用，显示的都是沈从文创作上的乐效追求与音乐叙事特征。当然，沈从文作品叙事可以运用多种理论，从多个角度去解读，也能够得出多种不同的结论。音乐叙事只是其中的一个解读角度。但这个角度却很有必要。通过爬梳、辨析沈从文的音乐叙事的体现与特征，有助于全面剖开沈从文的叙事艺术世界，立体、准确地把握沈从文的叙事密码，从而显示出沈从文在中国现代文学史上的独有地位、作用及影响。

第四章

土改叙事：土改与沈从文的人生转向

在中国现当代文学研究中，时间节点是一个有意义也受重视的话题。代表性著作如钱理群《1948：天地玄黄》、洪子诚《1956：百花齐放》等。以某个特定的时间节点为切入点的研究思路，对“时代与文学”的关系研究具有不菲价值，对单个作家的研究也富有启示意义。作家的创作是一个流动的进程，在其创作生命中，与生命体验发生深刻联系的某个时间节点，会对作家的创作和生命历程施加举足轻重的影响。沈从文是一个经历坎坷的作家，生命体验丰富绚烂。凌宇先生颇为重视1934年的返乡、20世纪40年代的玄思、1949年的自杀这三个事件在沈从文的文学生命中的重要作用，[①] 只是没有特意从时间节点上去凸显某一个年份于沈从文的独有意义。南京大学翟业军的《〈湘行书简〉〈湘行散记〉新论》一文，算是对“1934年于沈

① 参阅凌宇《沈从文传》，北京十月文艺出版社2003年版；《从边城走向世界》，岳麓书社2006年版。

从文之意义”话题的回应。[①] 而对人民共和国时期的沈从文研究，众多研究者注意到了1949年3月沈从文的自杀对他人生转向的影响，[②] 但尚未充分注意到1951年沈从文的川南土改之行对他后期生命及思想变化之独有作用。张新颖在《沈从文的后半生》一书中专章讨论了川行土改于沈从文生命的影响，[③] 可惜没有详细探究此时间节点于沈从文的特别意义。笔者以为，1951年才是沈从文后半生人生的真正开启点，是他思想认识发生变化的关键年份。1951年，当纳入沈从文人生和思想的第三个时间节点，应当引起我们的足够重视。

第一节 1951年的土改书写及特征

新中国成立后，为实现“耕者有其田”的主张，1950年6月30日，中央人民政府正式颁布了《中华人民共和国土地改革法》，全国范围内的土地改革运动由此拉开序幕。土改是涉及中国社会基础的一场巨变，既是一场经济战争，也是一个涉及知识分子思想改造的场域。最高领导人毫不掩饰让知识分子参与土改、见证土改，以完成心灵洗礼、思想改造宏愿的心思。[④] 在此历史洪流面前，中国的不少文人和作家，都参与了土改，也呈写了土改，并借土改实现了思想认识的提升。如丁

① 翟业军：《〈湘行书简〉〈湘行散记〉新论》，《中国现代文学研究丛刊》2013年第11期。笔者注：在2013年重庆的一次学术研讨会上，笔者与翟业军博士不约而同提到“1934年于沈从文的意义”尚未引起学界的足够重视，需待研究者去充分阐释。

② 代表性文章如汪曾祺《沈从文的转向之谜》，香港《明报月刊》第11卷第3期，1976年3月；温儒敏《沈从文为何要“自杀”与“弃文”?》，《时代人物》2012年第9期，等等。

③ 张新颖：《沈从文的后半生》，广西师范大学出版社2014年版，第65—84页。

④ 1950年6月23日，毛泽东在中国人民政治协商会议第一届全国委员会第二次全体会议的闭幕词中说：“战争和土改是在新民主主义的历史时期内考验全中国一切人们、一切党派的两个‘关’”。1951年1月19日，在同各中央局和大城市统战部的领导人的谈话中，更是直言要放手让知识分子参观土地改革，以便教育他们，改造他们。他还亲自动员黄炎培、朱光潜、梁漱溟、吴景超等人去参观农村、参加土改。

玲、周立波、赵树理、孙犁等老解放区作家，沙汀、阳翰笙等曾经的国统区作家，都挂职参与了土改工作，甚或是以领导者的身份参加了土改工作队。阳翰笙从 1951 年 12 月 26 日到 1952 年 6 月 19 日，以政协土地改革工作团第二十团团长及广西省直属土地改革工作团第一分团团长的身份，实地参加并领导了广西柳城的土改工作。沙汀也以土改工作团的领导者身份，于 1952 年七八月间，参加并领导了四川省华阳县石板滩的土改工作。他们或有土改小说问世，或有土改日记留世，凸显的是土改的正义性、必然性，叙写的是欣喜的心境和思想的震撼。

沈从文属于走中间路线的自由型知识分子，新中国成立前夕曾被郭沫若划入“桃红色”作家的行列。按照当时的政治逻辑，他理应参加土改运动，在土改中完成自我改造。沈从文确实投入了土改的洪流之中，见证了土改这一历史进程。沈从文参与土改，从离开到回来，历时四个月，即于 1951 年 10 月 25 日出发，1952 年 3 月 7 日返回北京。参加的是西南土改工作团，地点在四川内江。其中在内江农村的时间主要为 1951 年的冬天，也包含 1952 年的新春。沈从文以近乎逐日记载的书简，对他的川南土改之行作了亲证书写，形成了他后期创作中不可多得的优美文本——《川行书简》。《川行书简》是沈从文的土改文本，也是他的思想改造文本，从中可以触摸他的行为，感知他的心灵，窥见他的思想。

首先，回溯沈从文的土改之旅。经历了 1949 年的精神危机及自杀未遂，度过在华北革命大学 10 个月的“奉命”学习后，沈从文于 1951 年 10 月底正式踏上赴四川的土改行程。

踏出北京这座“围城”，在长江的轮船上，目睹熟悉的人和景，沈从文的心境大好。在 1951 年 10 月 28 日致沈龙朱、沈虎雏信中，他写道：“附近各处有工人抬东西的吆喝声，铁条子搬动声，大小汽笛呼叫声”，“洞庭湖中景象也极动人。我身边万千小船，其中有一部分即是从洞庭湖那边漂来的。船上水手有我极熟的口音。”[①] 颇似《湘西》中《常德的船》之描写。他向沈龙朱、沈虎雏宣告：“你们都欢喜赵树理，看爸爸为你们写出更多的李有才吧。”

10 月 31 日，华源轮过宜昌，到枝江县，“江岸景物房子极动人”，沈从文“总想到要哭哭，因为这些地方过去和我生命发生极多联系。”

11 月 1 日，船到巫山，川江景象打动了他。在此日致张兆和的信中写道：“川江给人印象极生动处是可以和历史上种种结合起来，这里有杜甫，有屈原，有其它种种。特别使我感动是那些保存太古风的山村，和在江面上下的帆船，三三五五纤夫在岩石间的走动，一切都是二千年前或一千年前的形式，生活方式变化之少是可以想象的”，“这里也有另外一种曲子在进行，即甲板上的种种谈话，玩乐笑语，和江面小船上的人生嘈杂，江边货船上的装货呼唤，弄船人的桨橹咿呀声，船板撞磕声。另外还有黑苍苍的大鹰就江面捕鱼。一切都综合成为一个整体，融合于迫近薄暮的空气中”，“天渐入暮，山一一转成浅黛蓝，有些部分又如透明，有些部分却紫白相互映照，有如生命，离奇得很。更离奇处即活在这个环境中人都如自然一部分，好不惊讶，毫不离奇，各自在本分上尽其性命之理。船又来了，蓬蓬蓬蓬的由远而近。”川江留给他的生动印象调动他的历史记忆，他仿佛一下回到《湘行散记》中《箱子岩》的场景，在古今、动静的“两相对照”中，沈从文“似乎十分单独却并不单独”，因在生命中“形成一种知识，一种启示”，“另一时，将反映到文字中，成为一种历史”。

---

① 沈从文：《沈从文全集》第 19 卷，北岳文艺出版社 2002 年版，载作者 1949 年至 1956 年的通信，凡予引用（包括注释中的引用），随文随注标明年月日，以备查核。为免烦琐，不另注。

11月2—4日，船过万县、丰都，江景如画，沈从文又似回到《长河》的场景中。在11月4日致张兆和的信中描述："这些天四川气候正好，江边山上已看到全红的枫树，惟越上来树木越绿，江边人家屋前后必种橘柚，明黄如星子，十分好看。大竹园子也越来越多，人家即在竹园子里，大都相当讲究。划船的多唱橹歌，穿长衫，包白帕，荡桨。船一停顿即有小船来作生意，橘柚是主要生产，大致是一千文六个福橘，六个大红柿。柚子有一千两个的。好的梁山柚二千一枚，如广西柚。梨子见不着。"

做着"写一厚本五十个川行散记故事"的梦想，沈从文于11月4日到达重庆。

重回农村、重温旧梦，已成为沈从文在旅途中的一个预设。

11月8日，沈从文一行到达目的地——内江。内江是川南的一个大地方，有水名沱江，与沈从文家乡的河流同名，"大如沅水"，两岸肥沃，"蔗园橘子园都一山一山连结"。工作队落脚在山顶的乡公所大糖房（原地主家），四周有竹树环抱，远处有淡绿、淡紫的水田，入晚天上淡白，十分静，有竹雀叫，小孩子哭声。狗不如湖南乡村之凶狠。人性格亦平和，平时说话多像唱歌，但"统不会唱歌"，缺少湖南人民开口有腔有调的长处（11月14—25日[①]）。沈从文感叹"四川人活在画图里"（12月26日），觉着"一切温和静美如童话中景象"（11月20日）。他仿佛回到了又一个湘西。

由于战事尚未结束，中央指示西南地区的土改推迟至1951年秋收之后进行。[②] 但当沈从文一行于11月初到达内江时，当地"早经

① 因论文中涉及的日期主要是1951年，为免烦琐，凡是正文中括号内标明的日期未写出具体年份的，都属于1951年。

② 财政部农业财务司：《政务院关于新解放区土地改革及征收公粮的指示》，参阅财政部农业财务司编《新中国农业税史料丛编》第5册，中国财政经济出版社1986年版，第32—33页。

过减租、退押、反霸”（11 月 13 日），“恶霸多已枪毙”（11 月 7 日）。因此，工作队虽然负领导土改责任，更多的是为一种参观、学习。农民对从北京来的工作队非常热情，知道是毛主席派来帮穷人翻身的，“见了我们也叫‘土改同志’”（11 月 20 日）。在似曾相识而淳朴的环境中，沈从文身心极大放松。怀着一颗感恩的心，决定“来真正作一个毛泽东小学生”（11 月 8 日）。因身体原因，① 沈从文较少下村入户。② 他闲时看看毛泽东、刘少奇著作，③ 在驻地附近同农民谈心，④ 听他们诉苦，⑤ 出席农会会议，⑥ 督促会场的布置，⑦ 也

---

① 沈从文在内江土改期间，饮食上一直水土不服，他始终在努力克服。在 1951 年 12 月 3 日致张兆和的信中说：“因为动的历史太生动。‘一定要把工作和人民翻身好好结合起来，自己也才有意义。’就那么自己鼓自己气，对付了硬饭，也对付了两肋的酸痛，心的剧跳。”在 1952 年 1 月 20 日致杨振声的信中说：“我在此心脏不大好，胃也不大好，每晚必痛醒。”

② 1951 年 11 月 30 日致张兆和的信：“下村到组上去工作，必走夜路，小田坎上跑来跑去，我无可为力，只能留在村中听汇报。”

③ 1951 年 11 月 19—25 日致张兆和的信：“我们在这里，有三个人各带了一册毛选来。在一张桌子一盏清油灯下同读，也是件极凑巧难得意外事情。各有所得，各有体会，但是又有一点儿完全相同，即对于这个历史文件深一层认识。”11 月 30 日致张兆和的信：“在这里还有时间把毛选读完，有些注太简，附带参考文献又少，一般人读来不易懂。在这里联系实际来读，特别亲切。”12 月 18 日致沈龙朱、沈虎雏的信：“在这里一面工作，一面把一部毛选读来读去，特别是读《实践论》，和工作相配合，极有意义。”1952 年 1 月 13 日致张兆和信：“这几天我还看过了一些从北京寄来的杂志，且有机会再看到两本刘少奇的作品，《论党》和共党修养。毛选重复看下去，为添了些小注”。1 月 20 日致张兆和信：“看了半天共产党修养，这书你也应好好的看看，极有道理，对学习大有帮助。”

④ 1951 年 11 月 19—25 日致张兆和的信：“我就在这个高百万的旧院子里，和几个本地干部谈长短经……一个女孩子，长得干干的……即在院中坐下来和我谈话。”

⑤ 1951 年 11 月 19—25 日致张兆和的信：“昨晚上在一个牛栏里听三个妇女诉苦，诉本地土财主的苛刻和家庭婆媳间种种，比左拉、高尔基叙述的都直接得多，空气也特别得多，如读生书，又如温旧书，特别是温旧书意义深。”12 月 12—16 日致张兆和、沈龙朱、沈虎雏的信：“昨见一最不会说话的九年长工报告，一面说一面不连贯的涉及别的事，又笑笑，颈子总是扭动，是另一典型，很重要。”12 月末致沈龙朱、沈虎雏的信：“特别是斗到在这里砦子间非常著名的一个恶霸时，灯光下一个老婆婆的说理斗法，恶霸的顽强，都比任何戏剧还深刻，令人起严肃感！”

⑥ 1951 年 11 月 19—25 日致张兆和的信：“和我常坐对面一个村干，我和他说话很少，他的报告问题时的神气，内容，态度，以及其思想，报告中特别长处和小小弱点，在戏剧中和小说中应当如何不同表现，才有充分效果，我都熟习之至。”

⑦ 1952 年 1 月 29 日致张兆和、沈龙朱、沈虎雏的信：“我曾经监过工的大戏台，已经不知在何时早已把布置撤去，只剩下几个柱子空零零的撑在空中。”

间或参加过几次大的土改斗争。[①] 在火热的“大时代”（1952 年 1 月 5 日）中，沈从文触摸着土改的脉搏。“在这个自然静默中，却正蕴藏历史上所没有的人事的变动”，“这个历史性的变动如何伟大稀有”，“这就是历史，真正的历史。一切在孕育，酝酿，生长”（11 月 19—25 日）。

当沈从文在内江参加土改时，另一个民国过来人吴宓也居于四川（重庆北碚）。两人的土改书写形成一种有意味的参照。吴宓与土改无直接瓜葛，但他的人民共和国日记中却有很多涉及土改的书写。吴宓未参加土改，他的土改书写是一种以边缘人的身份进行的旁观书写或侧证书写。他通过“道听途说”的方式在日记中记载了大量土改中的残暴场面，对土改抱持不理解甚至是敌视的态度，从个人、人性、文化的角度予地主以同情，并酷评土改。[②] 对沈从文来说，他于 1923 年就离开湘西到北京打拼，靠写作和教学谋生，在家乡无房产和土地，土改运动也不会直接波及于他。但他的弟弟沈荃在镇反、土改的大浪潮中被镇压。可形成对照的是，沈从文的《川行书简》，随处可见的是他对土改的理解及对土改正当性、必要性的同情。他这样定义土改：“土改是万千人民翻身事情，同时也是对万千人民教育的开始”（1952 年 1 月 5 日）。他自觉站在国家、人民、时代的立场上发声，有“一种叙录真的人民的责任”意识（11 月 30 日）。认为：“地方富，多数农民还是穷，土改政策是正确远大的”（11 月 13 日）。他将土改称为“土地还家”（11 月 20 日），提出：“也由工作发展证

① 如 1952 年 1 月 5 日致沈龙朱、沈虎雏信中，叙述参加枪毙糖房大恶霸的五千人大会；1 月 20 日致张兆和的信中，提及三天前参加全区三千群众斗争数百地主、保长的“大高潮”集会。

② 参阅肖太云《“后期吴宓”研究（1949—1978）——以〈吴宓日记续编〉为中心》（第四章第一节“吴宓的土改书写”），博士学位论文，西南大学，2015 年，第 186—200 页。

明土改对于国家长远利益的正确性”（1952 年 1 月 20 日）。民国时期，沈从文一直是在强调人性与文化改造。1949 年之后，他却能站在政治、阶级的立场上来看待土改。变化不可不谓巨大。他称地主为“老蝗虫”“大蝗虫”“人民蝗虫”，主张予以“清扫”（11 月 13 日）。认同土改是“一个阶级的抬头翻身”（11 月 8 日）。

在这种认同逻辑和观照思维下，沈从文诉求于土改斗争的彻底性。内江土改经过农民诉苦后，因地主自行处理土地（小土改），一些农民小富即安。对这种情形，沈从文在 1951 年 12 月 3 日致张兆和的信中如是叙述：“有些贫中农对斗争不免以为无可再作”，明显持批判态度。在沈从文眼中，带有暴力行动的大土改是必然而且正当的，“随时都可听到死亡”反映的是“大时代”之“天翻地覆意义”（1952 年 1 月 11 日），斗地主“和看戏一样”（1952 年 1 月 12 日），“动人得很”（1952 年 1 月 20 日）。公审地主、枪毙恶霸是“真正的人民历史”（1952 年 1 月 19 日），“实在是历史奇观”（1952 年 1 月 5 日）。吴宓认为土改是“谁怜禹域穷乡遍，易主田庐血染红”（1951 年 5 月 1 日）。[①] 沈从文的土改书写与吴宓对暴力土改的谴责形成对比。在 1952 年 1 月 5 日致沈龙朱、沈虎雏的信中，沈从文叙写了一个五千人斗争地主恶霸的大场面。他的叙事策略是用大段的地貌风物描写和场面铺叙冲淡土改斗争的残酷性，是一种形同《长河》《湘西》的笔致。斗完地主后，农民分得了浮财，一些人将胜利的果实——地主家的花衣裳穿在身上。对这个场景，吴宓称之为“千古‘翻身’原一例，赤眉喜作妇人装”的乱象（1951 年 6 月 22 日）。[②]

① 吴宓著，吴学昭整理：《吴宓诗集》，商务印书馆 2004 年版，第 461 页。

② 吴宓著，吴学昭整理：《吴宓日记续编》第 1 册，生活·读书·新知三联书店 2006 年版，第 161 页。

而沈从文在 1952 年 1 月 26 日致沈龙朱、沈虎雏的信中，是这样呈现的："本地人亲戚往来，有穿了从地主家得来的女用绸缎袄子，当马褂罩上，提了些田中鱼送亲戚的。"字里行间布满的是一派生活的气息，无丝毫嘲讽的意思。

纵览沈从文《川行书简》的土改书写，基本上是以民国的生活经验为参照，以湘西为镜像进行书写。他是把内江当成他的又一个湘西在描画。土改中的内江乡村显得诗情画意，洋溢生命活力，充满生活气息，极少土改的血腥与残酷。或者说，沈从文的川行土改书简具有浓厚的抒情气息和诗化意味。而同样是西南地区的土改书写，在吴宓笔下却是充满野蛮、暴力和血腥。沈从文与吴宓，民国时期同为自由主义式知识分子，人民共和国时期同属党外人士，同样不为当局所完全容纳。两者的土改书写却形成鲜明对比。这固然是吴宓没有亲历土改而沈从文参加了土改的缘故，由此见证了土改参观运动对知识分子思想改造的威力巨大，体现了最高领导人的高屋建瓴及政治智慧。但在参加或参观土改的过程中，知识分子的心态又是千差万别的。因此，有必要考察沈从文在新中国成立初期的心路历程，对他在 1951 年的土改运动中的心理异动与思想轨迹再予以勾勒和辨析，以进一步凸显 1951 年于沈从文的意义。

第二节　与土改伴行的思想改造分析

因对 1949 年后的文学和文化环境"水土不服"，沈从文在 1949 年多次自杀未遂。[①] 在神经医院经过了一段"呓语"和反思时期，在

① 1949 年 3 月，沈从文经历多次自杀未遂。一次是将手伸到电插头上，被儿子救了。另一次是喝煤油，并用刀片割腕，被获救。

革命大学度过了一段学习、改造和沉思时期，沈从文的思想仍处于犹豫甚至是不妥协期。如 1950 年秋在革命大学致程应镠的信中，如是表示："在此常常听人说用马列观人则百无一失。……我的生命存在或由此而萎悴，都离奇得很。初初来此，即为一思想前进的组长，要用民主方式迫扭秧歌，三十年和旧社会种种从不妥协，但是一误用民主，便有如此情形。马列也未必想到！""扭秧歌"是一个特有的改造意象。秧歌舞从民间进入庙堂之后，就有一种意识形态的符指功能。吴宓对秧歌舞是反感的（1951 年 1 月 21 日），[①] 沈从文也反感秧歌舞的浓厚改造意味。[②]

沈从文 1951 年重新复出，在北京历史博物馆参加"革命"工作。在 9 月 2 日写就的《凡事从理解和爱出发》一文中，他又发出特尔斐神庙门口箴言式的疑问："我在什么地方？我是谁？我究竟是为什么这么下去？"这是他的生存困惑，也是他的思想困惑。但沈从文的思想困惑却在 1951 年年底的土改之行中被成功消解，个中过程值得细细揣摩。

1951 年 9 月 2 日，在赴土改之前，沈从文即向一位青年记者预告："我拟在十月中旬去参加土改，跟人民学习几个月"，"来学习为人民服务"。10 月 25 日，沈从文当天即将动身去四川参加土改，他在北京给张兆和留置一信。信中说："这次之行，是我一生重要一回转变，希望能好好的在领导下完成任务。"并下定决心："我一定要从乡村生活中使健康回复过来的。"与清华大学崔之兰教授直接抵制

---

① 当日，吴宓作有《为师一首》诗，中有"来来团结齐携手，莫道秧歌舞未精"的反讽诗句。

② 民国时期，当周恩来乘"飞的"将秧歌舞从延安带到重庆后（郭沫若戏语，大意如此），重庆的一些进步知识分子就感受并接受了秧歌舞的政治和文化的象征功能。而沈从文在 1948 年 5 月 4 日写的《五四与五四人》中，却是将"参加扭秧歌的朱自清"和"为学校收购古物的杨振声"并提，认为是两种不同的"取用方式"，暗涉对"扭秧歌"的不认同甚至是批评。

思想改造[①]不同，沈从文是带着预先的“精神恢复”目标和自觉自为的“改造意识”去参加土改的。

土改旅途中，沈从文一路行一路思。虽还未直接参加土改，但在轮船上与土改工作团同志的相处、学习中，他感到“人在群中实在离奇”。“离奇”这个词在沈从文1949年之后的文字中反复出现，在他的《川行书简》中出现尤为频繁，值得细细辨析。如1950年在华北革大的学习中，提及“我的生命存在或由此而萎悴，都离奇得很”。1951年11月1日、4日，船过川江，峻伟的江景与目前工作结合，让他感觉“离奇得很”，“印象更离奇”。11月13日，11月19—25日，住在村公所的大糖房中，感觉到生命和时代脉搏一致时的单纯宁静，人事的动和自然的静相互映照，人在其间，“极离奇”，“实在离奇”，“十分离奇”。12月12日，随工作队迁驻到一个拔贡家的旧式庄院，堡砦中的宁静与山脚下的土改斗争形成一个对照，“给人一个离奇印象”。1952年1月24日，感慨“写作真是一种离奇的学习过程”。无独有偶。1957年，沈从文又有一次“离奇”体验。同年4月21日，他出差到上海收集文物，住处靠近外滩。5月1日凌晨，远眺外白渡大桥，桥下船夫、渡船、江水的静，与白日“五一”游行的群的动，两相对照，产生“人与群”的“离奇”体验。只不过，前、后两者有所不同。1951年是在历史变动中感受到“群”与“组织”“人民”及“斗争”的力量，1957年是在历史变动中体味到“人”与“孤独”的存在。

离奇的生命感受或体验，使沈从文在11月4日致张兆和的信中，

---

① 崔之兰教授曾直接说过：“我最恨共产党提知识分子改造……即便要改造，至多是那些同国民党鬼混过的知识分子，我的身家清白，教学胜任，思想改造与否，有什么关系！”参阅于风政《改造》，河南人民出版社2001年版，第37页。

有如斯感悟："党的伟大更是要出北京以后才更能意味到。每一种事，每一个人，都已完全和过去时代完全不同，真是人的奇迹！人类史的奇迹！个人在其间，真是要感到轻尘弱草不如。"

与众多土改团员一样，沈从文也兼有双重身份。既是土改工作的指导者，又是改造者。或者说，既是工作者，又是学习者。他既积极主动地参与土地改革，又处处展现出学习的姿态。而在同土地和农民的实际接触中，沈从文确实常常被"启迪""感动"，"教育"和"支配"（11 月 19—25 日），身心受到极大震动。"即仅就我们一个乡所见的人事发展，有无数事情使我们受极深教育。特别是集体主义，群众路线，毛泽东思想等等，只有从这些工作锻炼中，才可能更深一层认识理解"（12 月 26 日）。"这些人真如毛文所说，不仅身体干净，思想行为都比我们干净得多"（11 月 19—25 日）。他有了深深的负罪感。[①] 检讨自己的工作："在应行的工作上，我不过是一个不称职的属员而已"（11 月 20 日）。认同"旧知识分子"的指称，并予以严厉的自我谴责。"旧知识分子除了书本知识，什么都是孤陋寡闻"（11 月 13 日）；"我们来自城市中的知识分子，不中用之至，渺小之至，甚至于可狗屁之至，只合在都市中点缀"（12 月 2 日）；"知识分子真是狗屁""罪过之至"（11 月 13 日）。

认识到知识分子的"原罪"后，沈从文有一种急切的"自赎"（11 月 19 日）愿望。"能好好学习、改造，自己才不至成为人民蝗虫"（11 月 13 日）。沈从文"赎罪"的途径之一，是他在书信中反复道及的要全身心投入土改，多为农民翻身做点力所能及的事。而沈从文终归是一个文人，一个作家，他最主要的"自赎"途径，是

① 1951 年 11 月 13 日致张兆和的信："我们在城市中的生活，实在近于浪费人民小米，实在即浪费人民小米……我们只要有一碗饭吃，就应当感谢国家了。"

“用到手中的笔记录这里事情”（12 月 16 日），将“另外一种人的生命（灵魂）式样”来“好好重现到文字中”（11 月 30 日），“从写作中来为国家多做点事”（11 月 13 日）。他的土改书信已构成一种“悔罪文本”。但他更想用小说、戏剧来写土改中的农村干部、农村老大娘（1952 年 1 月 15 日），“写一二十个短篇”（12 月 23 日），表示悔罪和改造。对此，他信心满满。首先，他真诚检讨，找到了“个人在城市中胡写二十年”“误人兼误己”的症结在于“和人民脱离”（11 月 13 日）。其次，他认为在生活中已受到极好教育，找到极好素材。有《太阳照在桑干河上》的事（1952 年 1 月 19 日），有比《暴风骤雨》更“曲折动人”的事（1952 年 1 月 23 日），有比李有才故事更“复杂而深刻”的问题（11 月 13 日），有比赵树理写到的更“活泼生动”的生活（12 月 26 日），有莎士比亚戏剧比不了的“道白”（12 月 12—16 日）。最后，他认为有了新的创作体会，找到了新的创作观和创作方法。“写作真是一种离奇的学习过程”（1952 年 1 月 24 日）。“文字的节奏感和时代脉搏有个一致性”（11 月 19—25 日）。“杜甫如生于此时，诗篇也必然大不相同”（12 月 12—16 日）。“一到乡下，就理解到文艺面向工农兵是必然的”，“但如何面向？”沈从文认为“必须展开问题，才可能鼓励作者在创作上展览各种不同实验，有种种不同方式可用，待人来作努力的”（1952 年 1 月 13 日）。他做的试验或找到的方式（创作方法）有不少，诸如“从性格上写”（1952 年 1 月 15 日），“从加里宁论教育方式中来找典型，加以具体化”（12 月 12—16 日），“把自然景物的沉静和认识的动结合起来”（12 月 2 日），“将过去作风景画的偏重色彩的作法放弃，来就乡村人事关系试作一些新的试验”（1952 年 1 月 24 日），等等。

“武器”在握，又受“感动”[①]，沈从文迫不及待地想动手创作。“我爱这个国家”（11 月 19—25 日），“一定要来作个鼓动员”（11 月 8 日），一定要用“四川土改事写些东西，和《李有才板话》一样的来为人民翻身好好服点务”（10 月 31 日），“为这些苦难人民再用几年笔”（11 月 8 日）。他感觉土改中的“一切情形都不是解放小说已表现过处理过的”（12 月末）。也发现《李家庄的变迁》存在不足，“重看看《李家庄的变迁》，叙事朴质，写事好，写人也好，惟写过程不大透，有些如从《老残游记》章回出来的。背景略于表现，南方读者恐不容易得正确印象。是美中不足处”（1 月 20 日）。意识到“生命哀乐实在群众中”（1952 年 1 月 29 日）。他满心期待“另一时真正农民文学的兴起”（12 月 26 日），在脑中构建了很多的创作设想或规划，“给我时间，就会有生命在纸上呼之欲出”（11 月 30 日）。他想续写和改写《雪晴》，并认为肯定会比《湘行散记》好，会比《李家庄的变迁》“生动得多”[②]。他想写戏剧或小说（12 月 2 日），想写“十城记”（12 月 12—16 日、12 月末），有创作长篇的打算（11 月 19—25 日）。他自信“大致可以提出许多问题，都是过去还没有人提出的”（1952 年 1 月 13 日），“会达到一个新水准的”（12 月末）。放到今天来看，以沈从文当时对生活和创作的认识及理解，他

---

① “感动”是沈从文土改书简中出现颇为频繁的一个核心词汇。对“感动”与创作的关系，沈从文在 1951 年 11 月 19—25 日致张兆和的信中有辨析：“我知道，一切感动并不能即成一切作品，但它却必然是一切作品的媒触剂。”

② 1951 年 11 月 13 日致张兆和的信：“也还得把满家《雪晴》以下故事续完，这个作品分章写，本意可作到十五节，比《湘行散记》好，因为正是地主斗争事。”1952 年 1 月 15 日致张兆和的信：“我希望还可以有机会把《雪晴》写完”，“如照过去那么写，必成屠格涅夫式《猎人笔记》风格。扭转来写，会不同些”，“正如《静静的顿河》，有些地方也还是要景物的”，“满家事写来一定成功”。1 月 24 日致张兆和的信中提到，旧时写《雪晴》，“还不免作成风景画，少人民立场，比《湘行散记》还不如”，“因为本来事情就比《李家庄的变迁》生动得多”，如重新来写，“将作风景画的旧方法放弃”，“一定即可得到极好效果”。

对《雪晴》的改续可能失败，他的“十城记”，他的戏剧或长篇小说创作也不一定能成功，正如他已创作出来的《老同志》[①] 《中队部——川南土改杂记之一》《财主宋人瑞和他的儿子》[②] 的命运一样，只是昙花一现。但他的《川行散记》可能会成功。当然，这一切都是假想。土改结束，回到北京后，迫于环境，[③] 除了零星的旧体诗创作，沈从文与文学基本绝缘，小说与戏剧创作俱成镜花水月。

沈从文的创作梦成空，但他的一颗真诚改造之心昭然可见，急切想通过创作或恢复写作来赎罪、做贡献的真挚之心让人感动。这次内江土改之行，对沈从文心灵的震撼、灵魂的触动、思想的改造可谓影响深远。一些细节很能说明问题。在赴土改之前，沈从文写了一篇长言检讨文章——《我的学习》，发表于 1951 年 11 月 11 日的《光明日报》，认识已较深刻。1951 年 11 月 13 日，他在内江又致信张兆和，询问文章“是否发表”，“交什么刊物发表”，并表示：“如在报纸上，就寄给我一份。这次回来写，一定要深一些。”他努力劝张兆和要改造，[④] 劝沈龙朱、沈虎雏入党（并展望自己某一日能成为党员）。[⑤] 这里可尝

---

① 《老同志》系以革大的一个老炊事员为故事原型。沈从文长时间构思，反复修稿，七易其稿。但因与生活和时代的隔膜，此小说流于失败，始终未能发表。

② 两篇都是以内江土改为题材而写成的小说。《中队部》写于 1952 年，署名“茂林”，情节单薄，如记流水账；《财主宋人瑞和他的儿子》写于 1955 年，署名沈岳焕，有一定的情节，但人物刻画多流于概念化。

③ 如沈从文在《“反右运动”后的思想检查》中提到一件事：“不久，有一件事使我受到极大挫折，即出版我书籍的开明书店，有一天忽然通知我，所有书已无多用处，奉命全部烧去。听到这消息后，我相当难过，也觉得可惜。因为有些书是五四以来还算写得比较好的。有的还被国民党扣留禁止印行过。解放后，许多坏书流行，怎么却把我的全部烧掉？这么一来，以后自然再也无勇气写什么了。”参阅沈从文《沈从文全集》第 27 卷，北岳文艺出版社 2002 年版，第 157 页。

④ 1951 年 11 月 8 日致张兆和的信：“我们生活在北京圈子的人，见闻实在太少了……三三，要努力工作，你定要努力拼命工作，更重要还是要改造，你还要改造，把一切力量用出来，才对得起国家。”

⑤ 1951 年 12 月 6 日致沈龙朱、沈虎雏的信：“要入党，才对党有益。我就那么打量过，本力能回复，写得出几本对国家有益的作品，到时会成为一个党员的。”

试着发出这样一个疑问：沈从文给家人的土改书简中有无掩饰书写？有学者在分析沈从文1949年的自杀之谜时，提出张兆和、沈龙朱等亲人思想上的“冒进”也是促成他精神危机的重要原因之一。[①] 那沈从文会不会为了安慰亲人，特意呈现思想“上进”的一面呢？怀疑不好完全排除。但纵览整个土改书简，其书写的连贯性和真诚性似不容怀疑。这里还有一个反证。沈从文在书简中多次“现身说法”，不仅劝说身边的亲人，如张兆和、长子沈龙朱，及他的大舅子参加土改，[②] 也动员周边的好友，如金岳霖、常风、杨振声等参加土改，[③] 认为土改“影响一个人的思想，必比读五本经典还有意义甚多”，“对一个人生命有重要变化”（11月30日）。他也相信参加了土改的废名大致能写成小说（12月末）。沈从文有必要“糊弄”他的好友吗？

北京大学汪宣说：土改“对于知识分子，实在是理想无比的思想改造的好机会，就我个人来说，它将是我思想改造过程中的里程碑”[④]。章乃器、陈垣、梁漱溟、潘光旦、冯友兰、朱光潜、贺麟、吴景超、杨人梗、陈振洲、侯仁之等，民国时期都属于与沈从文一类的自由主

---

① 如温儒敏在《沈从文为何要“自杀”与“弃文”?》一文中提出：除了政治高压和心理原因，张兆和“求上进”等的家庭原因也是造成沈从文自杀的一个重要原因，如张兆和后来回忆：“当时，我们觉得他落后、拖后腿。一家人乱糟糟的。”

② 1951年12月28日致张兆和的信：“如果明春尚有土改参观团，四十天时间的，你或龙龙如可争取参加一位，要想法参加，特别是你，对于此后教书有极大帮助。比读书切实具体多多。”1952年2月2日致张兆和、沈龙朱、沈虎雏的信：“大舅舅有信来，在重庆……也想参加土改，我劝他参加。”

③ 1951年11月30日致张兆和的信：“在报上看到老金一文章，写得很好，也老老实实。可是对新的时代实在还未透，如参观一回土改，即可能不同很多。如见到他时，劝他想法参观一次。只一个月。影响一个人的思想，必比读五本经典还有意义得多。”“如见常风，也要劝他想法参观一次。对一个人生命有重要变化，是必然的。”1952年1月20日前后致杨振声的信：“下乡别的不太困难，只是胃不济事的要考虑。如吃的能对付，所见所学，对一个人得益实在太多。特别是思想改造，群众路线，人民翻身，毛泽东思想等等问题，从实践学习中，得益太多。农民问题以至于有关土改文学，以教书言，不身临其境，说亦说不透彻也。”

④ 汪宣：《我在土改工作中的体验》，《光明日报》1950年4月2日。

义型知识分子，新中国成立初期都参加了土改运动，有土改心得公开发表，表达了土改中受到的教育与感动[①]。不能怀疑这批知识分子改造的真诚性。但他们的土改观后感都系公开发表，有无掩饰书写不好确论，况且其中的某些人，如冯友兰、侯仁之等，是被动参加土改，在参加土改之前是自认为他们的思想没有什么好改造的。[②] 沈从文是自愿参加土改，带着疗伤、学习和改造的明确目的去参与土改的，而且他的土改书写文本主要为私人文本的书简，更能透见他的思想改造及变化的真实轨迹。这为他后来的学习、工作和生活打下了基础。

当然，如前所述，沈从文对土改的书写进行了生活化、抒情化的处理。他的土改书简中也有大量的对土改之外的日常生活的呈现。如对农村老太太、大姑娘等的日常活动的铺陈，及对乡村物事与风景的大段描写。这种写作策略一方面体现了沈从文对土改血腥的有意回避，从而表达他对土改正义性的支持。另一方面，这其中既有他一贯的对“事功”之外的“有情”传统的坚持（张新颖），[③] 也不能完全排除“非政治化的日常审美”的“深永”诉求（张谦芬）。[④] 不然，就无法理解他的土改书简中，除开对火热的土改斗争的描写之外，另外存在有大量的关于“离奇”“静”“寂寞”“单独”“历史”“存在”“人生”等现象与命题的思考与表现。但唯有透过这些看似矛盾、纠结、“斗争”的表述，才能更清晰、透彻地看到沈从文内心微妙、复杂的心理异动及思想改造过程的纠缠与艰难。沈从文此时的生

① 如梁漱溟：《两年来我有了哪些转变》，《光明日报》1951 年 10 月 5 日；朱光潜：《从参观西北土地改革认识新中国的伟大》，《人民周报》1951 年第 13 期；吴景超：《参加土改工作的心得》，《光明日报》1951 年 3 月 28 日；杨人楩：《跟农民学习以后》，《光明日报》1951 年 4 月 16 日；陈振洲：《参加土地改革工作的一点体验》，《人民日报》1950 年 2 月 28 日；等等。

② 参阅冯友兰《三松堂自序》，人民出版社 1998 年版；侯仁之《中国共产党和我》，《人民日报》1951 年 7 月 8 日。

③ 张新颖：《沈从文的后半生》，广西师范大学出版社 2014 年版，第 65—84 页。

④ 张谦芬：《沈从文建国初期的土改书写》，《中国现代文学论丛》2008 年第 2 期。

命状态与“既配合得上社会需要，又可维持得住个人的独立思考惯性，又不至于受过大干扰而失去安全”① 的表述吻合。

第三节　1951 年土改之行于沈从文生命的意义

再回到沈从文的土改书写与吴宓的土改书写的比较话题上。第一部分述及沈从文的土改书写与吴宓的土改书写有很大不同，第二部分考察了沈从文在土改运动中的心路历程和思想改造。由此，沈从文与吴宓关于土改的差异书写，可从思想改造的根源上得到解释。

吴宓在新中国成立初期经历了思想改造，但他无类似沈从文的精神危机。吴宓的思想、信仰和价值观不曾改变，始终以文化建设为本位，对传统文化的守护态度不曾动摇，因此，站在人性、文化的立场，他自然恶评土改。且吴宓的土改是旁叙土改、部分土改（只涉及减租退押），片面性是不可避免的。而沈从文经历了精神危机，他见证了土改的大部分过程，② 且是带着心理疗伤的目的去参加土改。

---

① 沈从文：《沈从文全集》第 24 卷，北岳文艺出版社 2002 年版，第 512 页。

② 沈从文的川行土改书简呈现了土改的四个阶段。1951 年 11 月 8 日，西南土改工作队到达内江时，第一阶段的反霸、减租退押已经基本结束，“听小买卖老太太说，大户地主都看管起来不能动，孩子们在外讨吃，坏的都枪毙了”。沈从文到后，直接随工作队投入下乡入户、发动诉苦的第二阶段。1951 年 11 月 14 日致沈龙朱、沈虎雏的信：“过不多久，有些人就得分别下村去了，过三五天即得分住贫农家，一个一个去住。”12 月 2 日致金野的信：“我们正在区里开代表会，三百人一起，准备进行第二段工作。”12 月 6 日致沈龙朱、沈虎雏的信：“我们会已结束，这时正在一个方院子举行一次圆桌会，听代表自由发言。围了百十农民代表。”第三阶段是重新划分阶级，斗地主。12 月 12—16 日致张兆和、沈龙朱、沈虎雏的信：“昨天试划阶级时，一老太婆来对于一个小恶霸作的指责，话说得有腔有调。”12 月 27 日致沈虎雏信：“我们工作已入第三段，即最紧张活泼的阶段，每个庄院都有激烈的斗争，每户人家男妇老幼通参加。”1952 年 1 月 20 日致张兆和的信：“工作已到第三段落，每天有斗争，地方竹子林极多，地主多缚于竹子林间。因经过减租退押，经过小土改，地主多穿得比贫农还破烂，不易看出过去贫富对照情况。”第四阶段为交地契、分土地、分浮财。1952 年 2 月上旬致张兆和信：“工作已到第四段结束，即在一糖房中，将地主集合，交还契约租约于农民佃户。是把契纸租约顶在头上，跪在地上交还的……地主有称农民为‘翻身大人’的。笑声四起。”

他在土改中发现了历史，找到了组织、人民，“理会到组织之伟大”（10 月 27 日），明白了个人的渺小和无意义。沈从文称土改是“历史过程中最生动的一个环节”。在农民一口一声的“土改同志”的称呼中，沈从文有了“只想哭哭”的奇异感觉。在这种想哭的感觉中，沈从文找到了他个人生命存在的意义。“我生命即融合到这个现实万千种历史悲欢里，行动发展里，而有所综合，有所取舍，孕育和酝酿。这种教育的深刻意义，也可说相当可怕，因为在摧毁我又重造我，比任何力量都来得严重而深远，我就在这个环境中学习逐渐放弃了旧我，变得十分渺小，虚心……我眼睛总是感动得湿蒙蒙的。我真正接触了封建，真正接触了人民”（11 月 19—25 日）。土改是沈从文“疗伤”必不可少的一个环节。他也确实在土改过程中被感动，在历史、国家和人民的伟力中实现了自我的疗救和新生。沈从文对土改“感恩戴德”，他笔下的土改天经地义，土改书写诗情画意，自然也就是题中之义。与吴宓相比，土改对沈从文的意义可谓要重要得多。他在土改中被“摧毁”，又被“重造”。①

由此可见，川行土改是沈从文的寻梦之旅、静心之旅、疗伤之旅，更是他的改造之旅、赎罪之旅、自新之旅，应是一个可以推断出来的结论。长江、川南似曾相识的自然景色（湘西镜像）的感动和土改中的人事感动，二者有机结合，成功改造了沈从文。沈从文通过土改，体现出来的思想改造的诚挚性和彻底性，在自由主义文人中可能无人能出其右，构成现代文人思想史上的一个独异现象。如果说吴宓的思想改造是“阳奉阴违”“逢场作戏”，思想改造只是他生命中

---

① 张谦芬在《沈从文建国初期的土改书写》一文中，提出沈从文的“土改叙述是一次调和时代要求与个人信条的失败尝试，是一次未能完成的归队记录”，笔者感觉缺乏有力论证，结论尚需商榷。

的一个“过客”，除留下创伤记忆外，对他思想的实际影响只是“水过无痕”，迹近于零。[①] 那么，沈从文在土改中的思想改造则是表里如一、诚挚真实，思想改造是他生命中的一个节点，对他随后的人生旅程发挥了至关重要的影响，是“雁过留声”。

1951年的川南之行，注定是沈从文生命中的又一个转折点。有了这次川南之行，沈从文重新确证了生命的意义，获得了继续存活下去的理由，成功开启了他的后期人生。笔者以为，沈从文一生有三个节点，一是1923年离开湘西到北京，开启文学人生，二是1934年第一次返乡探亲，开始从“神之再现”到“神之重造”的文学转向，三是1949—1951年，沈从文思想认识的艰难转向。当然，20世纪40年代的玄想与沉思，亦是他文学与人生的一个转变时期。很多学者看重沈从文1949年的自杀和在病院中的呓语的节点意义，从中寻找他的个体生命奥秘和“弃文”原因。笔者前文已经论及1949年病院呓语时期，音乐（包括佛教）施与沈从文的“浣濯”（1949年9月22日）、疗救和重生作用。1949年——精神危机，1950年——革大学习，1951年——四川土改。可以说，从1949年到1951年，整个三年都是沈从文个体生命的关键时期。但有一点须注意，只是到了1951年的川南之行，沈从文才完成摆脱精神危机的最终旅程，重获生存的信心，稳步走上后期人生。而这次精神危机的摆脱，是借助土改的外力以完成思想改造的成功，进而实现的。从这个意义上说，1951年的川南之行，才是沈从文第三个人生节点的完成点，又是他后半生人生的真正开启点，是具有完成和开启的双向时间意义和双重生命意

---

① 参阅肖太云《“后期吴宓”研究（1949—1978）——以〈吴宓日记续编〉为中心》［第四章第二节“吴宓的思想改造书写（上）——‘忠诚老实’运动”］，博士学位论文，西南大学，2015年。

义。1951 年的土改，与 1949 年的自杀和呓语，于沈从文 1949 年后的生命同等重要，不应被研究者忽视、省略或不重视。“为的是生命已经到了个成熟期。特别是对于人的爱与哀悯，总仿佛接触到一种本体，对存在有了理会，对时代有了理会……由屈原、司马迁到杜甫、曹雪芹，到鲁迅，发展相异而情形却相同，同是对人生有了理会，对存在有了理会。我已尽了极大努力，来把工作能力和工作信心恢复，要它和人民历史发展结合，来向年青一代学习，并为他们而工作。向人民学习，为他们而工作”（11 月 19—25 日），是沈从文对于他的人生的第三个节点的个人表述和自我体认。

1951 年、内江、《川行书简》，三者从时间到空间，从实践到沉思，见证了沈从文的土改之行，思想改造之旅。《川行书简》是川行散记，是土改书简，是沈从文 1949 年后又一个韵味上的《湘行书简》。《川行书简》是他个体生命的证词，是他文学生命的最后一次律动与勃发，亦是他思想认识变动全过程的记载与见证。可以这样认为，没有川南土改之行，就没有后半生的沈从文。如不经历土改，沈从文可能就无法真正化解他的精神危机，愈合他的心灵创口，就不会平心静气于文物的收集、整理与研究，也就不会有后来作为服饰文物学家，焕发人生第二春的沈从文。川南土改之行，失去了文学家的沈从文，间接促成了文物学家的沈从文。这是沈从文的悲哀，亦是沈从文的幸运。

参考文献

1. 沈从文：《沈从文全集》，北岳文艺出版社 2002 年版。
2. 汪曾祺：《汪曾祺全集》，北京师范大学出版社 1998 年版。
3. 吴宓：《吴宓日记续编》，生活·读书·新知三联书店 2006 年版。
4. 吴宓：《吴宓诗集》，商务印书馆 2004 年版。
5. 茅盾：《茅盾全集》，人民文学出版社 1984 年版。
6. 冯友兰：《三松堂》，人民出版社 1998 年版。
7. 冯友兰：《中国哲学简史》，天津社会科学院出版社 2005 年版。
8. 凌宇：《从边城走向世界》（修订版），岳麓书社 2006 年版。
9. 凌宇：《沈从文传》，北京十月文艺出版社 2003 年版。
10. 凌宇：《重建楚文学的神话传统》，湖南文艺出版社 1995 年版。
11. ［美］金介甫：《沈从文传》，符家钦译，湖南文艺出版社 1992 年版。
12. ［美］金介甫：《沈从文笔下的中国社会与文化》，虞建华等译，华东师范大学出版社 1994 年版。
13. 李辉：《沈从文图传》，长江文艺出版社 2006 年版。
14. 王宝生：《沈从文评传》，重庆出版社 1995 年版。

15. 张新颖：《沈从文的后半生》，广西师范大学出版社 2014 年版。
16. 吴世勇编：《沈从文年谱》，天津人民出版社 2006 年版。
17. 邵华强编：《沈从文研究资料》（上、下），花城出版社 1992 年版。
18. 刘洪涛、杨瑞仁：《沈从文研究资料》，天津人民出版社 2006 年版。
19. 荒芜编：《我所认识的沈从文》，岳麓书社 1986 年版。
20. 吉首大学中文系编：《沈从文研究》，湖南大学出版社 1988 年版。
21. 吉首大学沈从文研究室编：《长河流不尽——怀念沈从文先生》，湖南文艺出版社 1989 年版。
22. 王珞主编：《沈从文评说八十年》，中国华侨出版社 2004 年版。
23. 孙冰：《沈从文印象》，学林出版社 1997 年版。
24. 吴立昌：《沈从文——建筑人性神庙》，复旦大学出版社 1991 年版。
25. 贺兴安：《楚天凤凰不死鸟：沈从文评论》，成都出版社 1992 年版。
26. 韩作群：《沈从文论——中国现代文化的反思》，天津人民出版社 1994 年版。
27. 王继志：《沈从文论》，江苏教育出版社 1992 年版。
28. ［新加坡］王润华：《沈从文小说新论》，学林出版社 1998 年版。
29. 刘洪涛：《沈从文小说新论》，北京师范大学出版社 2005 年版。
30. 刘洪涛：《湖南乡土文学与湘楚文化》，湖南教育出版社 1997 年版。
31. 赵学勇：《沈从文与东西方文化》，兰州大学出版社 1990 年版。
32. 刘一友：《沈从文与湘西》，青海人民出版社 2003 年版。

33. 向成国：《回归自然与追寻历史——沈从文与湘西》，湖南师范大学出版社 1997 年版。

34. 周仁政：《巫觋人文——沈从文与巫楚文化》，岳麓书社 2005 年版。

35. 张森：《沈从文思想研究》，人民文学出版社 2015 年版。

36. 吴正锋：《沈从文小说艺术研究》，湖南人民出版社 2012 年版。

37. 康长福：《沈从文文学理想研究》，人民出版社 2007 年版。

38. 吴投文：《沈从文的生命诗学》，东方出版社 2007 年版。

39. 赵砾坚等：《欲望与幻想——东方与西方·哈代与沈从文的逃避主义》，江西人民出版社 1991 年版。

40. 杨瑞仁：《沈从文福克纳哈代比较论》，中国文联出版社 2002 年版。

41. 汪朗、汪明、汪朝：《老头儿汪曾祺——我们眼中的父亲》，中国人民大学出版社 2000 年版。

42. 陆建华：《汪曾祺传》，江苏文艺出版社 1997 年版。

43. 范家进：《现代乡土小说三家论》，生活·读书·新知三联书店 2002 年版。

44. 王晓明主编：《二十世纪中国文学史论》，东方出版中心 1997 年版。

45. 杨义：《中国叙事学》，人民出版社 1997 年版。

46. 傅延修：《中国叙事学》，北京大学出版社 2015 年版。

47. 罗钢：《叙事学导论》，云南人民出版社 1999 年版。

48. 谭君强：《叙事学导论：从经典叙事学到后经典叙事学》，高等教育出版社 2014 年版。

49. 徐岱：《小说叙事学》，中国社会科学出版社 1992 年版。

50. 赵毅衡：《当说者被说的时候——比较叙事学导论》，中国人民大学出版社 1998 年版。
51. 陈平原：《中国小说叙事模式的转变》，北京大学出版社 2003 年版。
52. 申丹：《叙事学与小说文体学研究》，北京大学出版社 2004 年版。
53. 张寅德编选：《叙事学研究》，中国社会科学出版社 1989 年版。
54. 李建军：《小说修辞研究》，中国人民大学出版社 2003 年版。
55. 胡亚敏：《叙事学》，华中师范大学出版社 2004 年版。
56. 龙迪勇：《空间叙事学》，生活·读书·新知三联书店 2015 年版。
57. 王德威：《现代中国小说十讲》，复旦大学出版社 2003 年版。
58. 董小英：《再登巴比伦塔——巴赫金与对话理论》，生活·读书·新知三联书店 1994 年版。
59. 王安忆：《心灵的世界——王安忆小说讲稿》，复旦大学出版社 1997 年版。
60. 曹文轩：《20 世纪中国文学现象研究》，北京大学出版社 2002 年版。
61. 于风政：《改造》，河南人民出版社 2001 年版。
62. 王建刚：《狂欢诗学——巴赫金文学思想研究》，学林出版社 2001 年版。
63. 夏忠宪：《巴赫金狂欢化诗学研究》，北京师范大学出版社 2000 年版。
64. 肖复兴：《牧神午后》，福建教育出版社 2003 年版。
65. 鲁成文：《慰藉·救赎·解放——古典音乐之声》，中国人民大学出版社 2004 年版。
66. 黄汉华：《抽象与原型——音乐符号论》，上海音乐学院出版社

2004 年版。

67. 李岚清：《音乐艺术人生——关于〈音乐笔谈〉的讲座》，高等教育出版社 2006 年版。

68. 李岚清：《音乐笔谈——欧洲经典音乐部分》，高等教育出版社 2004 年版。

69. 林语堂：《中国人》，郝志东等译，学林出版社 1994 年版。

70. ［古希腊］亚里士多德：《诗学》，陈中梅译，商务印书馆 1996 年版。

71. ［美］韦勒克、沃伦：《文学理论》，刘象愚等译，文化艺术出版社 2010 年版。

72. ［法］热奈特：《叙事话语·新叙事话语》，王文融译，中国社会科学出版社 1990 年版。

73. ［法］马利坦：《艺术与诗中的创造性直觉》，刘有元等译，生活·读书·新知三联书店 1992 年版。

74. ［德］海德格尔：《林中路》，孙周兴译，上海译文出版社 2008 年版。

75. ［俄］巴赫金：《巴赫金全集》，白春仁等译，河北教育出版社 1998 年版。

76. ［奥］弗洛伊德：《梦的解析》，赖祺万等译，安徽文艺出版社 1996 年版。

77. ［以色列］凯南：《叙事虚构作品》，姚锦清等译，生活·读书·新知三联书店 1989 年版。

78. ［捷克］昆德拉：《小说的艺术》，孟湄译，生活·读书·新知三联书店 1992 年版。

79. ［英］福斯特：《小说面面观》，苏炳文译，花城出版社 1983

年版。

80. ［美］马丁：《当代叙事学》，伍晓明译，北京大学出版社 2005 年版。

81. ［美］布斯：《小说修辞学》，华明等译，北京大学出版社 1987 年版。

82. ［波兰］丽莎：《论音乐的特殊性》，于润洋译，上海文艺出版社 1980 年版。

83. ［奥］汉斯立克：《论音乐的美》，杨业治译，人民音乐出版社 2003 年版。

后　记

沈从文是我喜欢的作家。一是因沈从文是湖南凤凰人。我老家在湖南邵阳，同属大湘西地区。我一直以湖南出了这么一个大作家而自豪。以致做大学教师近10年，无论是给预科生、专科生，还是给本科生上课，屡屡要与学生谈谈沈从文，而且谈得激情飞扬，经常是意犹未尽。这已成为我的一个上课惯习和保留“节目”。二是因沈从文具有传奇色彩的人生，以及他的作品魅力，深深吸引了我。沈从文的人生是个传奇，他的作品也是个传奇。沈从文的作品好读、耐看，文笔清新、雅致、优美，令人百读不厌。沈从文笔下描写的主要是乡土生活、乡土故事。我出生在农村，成长在农村，读沈从文的作品，常有一种自然的亲切，及由衷的喜爱。

我接触学术时，最先“碰面”的是沈从文。我的第一学历是中等师范，毕业后长期在农村中小学任教。继续教育读的是函授专科，自考本科。在考入硕士研究生之前，不知道学术为何物。承蒙恩师王攸欣先生不弃，将我收入门下。硕士求学阶段，我发表的第一篇论文就是关于沈从文的。后来，在老师的指导下，我的毕业论文做的也是沈从文和汪曾祺的比较研究，这也成为本书内容的第二章。可以说，除了导师，沈从文是我学术之路的另一个引导者和见证者。阅读沈从文，使我见证了文学的美妙。研究沈从文，使我窥见了文学的奥秘。走进沈从文的生命世界，使我知晓了文学研究的生命力。

2006年6月，是我硕士毕业离校的月份。当时，我已经签约，确定七月中旬将前去位于重庆的长江师范学院报到。为了一睹心目中的圣地——湘西凤凰县，我没有参加毕业典礼，也顾不上领毕业证、学位证（同寝室同学替我代领的），就急匆匆奔赴凤凰。这是我第一次深入湘西自治州的腹地。乘火车沿着澧水，经张家界一路前行，云雾缭绕，风光无限。从吉首转乘汽车前往凤凰的途中，也是一路车行一路风光。我的同门师兄罗新河曾向我描述，他去凤凰，感觉像是一直在梦中。我虽然没有这种体会，但参观沈从文的故居，重走沈从文小时候走过的石板路，穿过沈从文家乡的风雨桥，在沈从文经常逃课戏水的沱江边逡巡，意味自在其中。可惜，当时未去拜谒沈从文的墓地，欣赏他墓碑上的手迹“照我思索，能理解我；照我思索，可认识人”，及姨妹张充和的撰联：“不折不从，星斗其文；亦慈亦让，赤子其人”，留下遗憾。但也算圆了自己瞻仰先生故居，重走先生故地，感受先生遗风的心愿。

参加大学工作后，因对沈从文的兴趣，从2006年年底开始，我尝试以硕士论文的体例，写了“沈从文与音乐”的系列论文。从阅读音乐方面的书籍，补充乐理方面的常识，到材料的搜集与准备，直至写作的完成，总共花费了约一年时间。论文写完后，自己还不知深浅，引以为得意。除去拆出一篇在《名作欣赏》发表外，其余的部分舍不得拿出去发表，私心是想等评上副教授以后再发表。记得当时，研究沈从文与音乐的关系的论文还很少。当然，到今日来看，此方面的论文已经很多了。虽然自己论文的深度和精度还远远不够，但笔者自恃，当初的写作是充满激情的，论文仍与别人有些不同。因此，经过简单的修改，此部分也就成了本书的第三章。

因经济方面的压力及感觉自己学养的不够，直至2010年左右，才敢萌生考博士研究生的念头。2012年，顺利考上西南大学王本朝先生的博士生。在恩师的指导下，我的博士论文做的是吴宓的研究。虽然未继续沈从文的学术研究之路，但读博期间，陆陆续续写了两篇有关沈从文的小论文。这就是本书的第一章和第四章。其中，沈从文的突转叙事模式，已经与导师联名发表在《中国现代文学研究丛刊》。而关于土改叙事的论文，尚在发表之中。

这部书，算是对自己已经走过的学术之路的一个小小的总结，也算是对自己沈从文研究的一次集成。这是我的第一部书。它只是在沈从文的名头下，对过去的写作以及已经发表过的小论文的一个交代和汇总。但统一在沈从文叙事研究的总纲之下，这个命题是成立的。虽然是断断续续几年之中完成的，无形之中却有一股红线将其贯穿起来。许是对叙事学的兴趣，这次成集时，蓦然发现，冠以“沈从文的叙事艺术研究”的书名，竟也妥帖。

三年半的读博时间，经过业师的悉心指导，我自觉在论文写作方面，有了一定的体会与进步。依现在的眼光来看，我曾经引以为得意的那些论文，缺陷很多。硕士论文也只是差强人意，不足之处尚不少。然全面修改已不可能。故大部分的论文还是保持原来的面貌。从各章节之间的联系及逻辑关联来看，这部书并不是一部严谨的学术著作。它仅是对个人研究轨迹的一次收拢或回顾，但总算对自己的沈从文研究有了一个交代，偿了“总得为自己的沈从文研究做点什么”的夙愿。

这部书的出版，将是我学术征途的一个起点。虽然并不完满，但也绝不是一个过客。它会是我前行的一个动力和鞭策，鼓励我去脚踏实地地做好、做精自己的研究，不骄不躁，稳步、慎重地前进。

最后，还得再次致谢我的硕导王攸欣先生和博导王本朝先生。感谢王攸欣先生拨冗为拙著作序，并感谢先生的校读和修正。感谢王本朝先生对拙著出版的宽容与理解。同时，感谢为我的硕士论文——即本书第二章第三节的写作提供理论借鉴的杨义老师。感谢为本书写作提供思路启发的其他各位学者，因篇幅关系，不再一一点名致谢。还要感谢在我的学术成长道路上给我支持、使我论文得以发表的各位编辑，特别致谢《中国现代文学研究丛刊》的易晖老师和王秀涛博士。另外，要感谢一直在背后默默支持我的父母及妻子。最后，真诚致谢李炳青编辑。李老师敬业、专业，为拙著的校改付出了不少心血，并提出了很好的建设性意见。谢谢你们，因为有了你们，我才能一直前行。

是为记。

肖太云

2016 年 8 月 18 日

于长江师范学院集贤雅舍云梦居